KB126144

피터 래빗 이야기 2

피터 래빗 이야기 2

베아트릭스 포터 지음 | 구자언 옮김

더클래식

| 차 례 |

10. 플롭시의 아기 토끼들 이야기

상추를 너무 많이 먹으면 잠이 쏟아진다는 말을 들어 본 적이 있나요?

저는 상추를 먹고 나서 졸린 적이 한 번도 없었답니다. 토끼가 아니라서 그런가 봐요.

하지만 플롭시 버니 형제들은 상추만 먹고 나면 바로 쿨쿨 잠이 들곤 했답니다!

벤저민 버니는 어른이 되자 사촌 플롭시와 결혼을 하여 아기 토끼들을 아주 많이 낳았어요. 아기 토끼들은 못 말리는 개구쟁이들이었답니다.

아기 토끼들의 이름은 하나하나 생각이 나지 않지만, 흔히 "플롭시 버니 형제들"이라고 불리곤 했지요.

종종 먹을거리가 떨어지는 날이면 벤저민은 플롭시의 오빠인
피터 래빗의 텃밭에 가서 양배추를 얻어오곤 했어요.

하지만 가끔은 피터 래빗
도 더 이상 나눠 줄 양배추가
없었답니다.

그런 날이면 플롭시 버
니 형제들은 들판을 가로
질러 맥그레거 아저씨네
정원 밖의 도랑에 쌓인 쓰
레기 더미로 달려갔어요.

맥그레거 아저씨네 쓰레기 더미에는 온갖 종류의 것들이 섞여 있었어요. 잼 항아리라든지 종이봉투, 또는 풀 깎는 기계로 깎아 낸 기름 맛 나는 잔디 더미 그리고 썩은 애호박과 낡은 장화 한 두 짝도 있었답니다. 그러던 어느 날이었어요. 글쎄 그날따라 운이 좋게도 쓰레기 더미 속에 커다란 상추들이 버려져 있는 것이 아니겠어요? 상추가 너무 자라 꽃이 피면 사람이 먹을 수가 없거든요.

플롭시 버니 형제들은 정신없이 상추를 갉아 먹었어요. 그러고는 서서히 하나둘씩 잠에 취해 잔디 더미 위에 드러눕기 시작했답니다.

벤저민은 아기 토끼들처럼 바로 잠이 들지는 않았어요. 그래서 벤저민은 얼굴에 파리가 앉지 않도록 종이봉투를 뒤집어쓰고 스르르 잠이 들었답니다.

귀여운 플롭시 버니 형제들은 따사로운 햇살 아래 달콤한 낮잠을 즐겼어요. 저 멀리 정원 잔디밭에서는 풀 깎는 기계의 달달거리는 소리가 희미하게 들려왔답니다. 왕파리 한 마리가 정원 돌담 근처를 윙윙대며 날아다녔고, 자그마한 늙은 생쥐 한 마리는 잼 항아리 안에서 쓰레기를 골라내고 있었지요.

(기다란 꼬리를 가진 이 붉은 생쥐의 이름은 토마지나 티틀마우스랍니다.)

토마지나가 바스락거리며 종이봉투 위를 오르락내리락하는 바람에 벤저민 버니가 단잠에서 깨고 말았어요.

생쥐는 거듭해서 사과의 말을 내뱉고는 자기가 피터 래빗과 아는 사이라고 말했답니다.

13

　벤저민과 생쥐가 이야기를 나누고 있을 때였어요. 돌담 바로
밑에서 그들의 머리 위로 무거운 발자국 소리가 들려오는 게 아
니겠어요? 그리고 갑자기 맥그레거 아저씨가 나타나서는 잠자
고 있는 플롭시 버니 형제들 위로 잔디를 잔뜩 쏟아 내 버렸답니
다! 벤저민은 종이봉투 안으로 다시 쏙 들어갔고, 생쥐도 잼 항
아리 속으로 숨었답니다.

아기 토끼들은 쏟아지는 잔디 아래서 행복한 미소를 머금었어요. 하지만 상추를 너무 많이 먹은 나머지 여전히 깊은 잠에서 깨어날 수 없었지요.

꿈속에서는 엄마 토끼 플롭시가 푹신한 지푸라기 침대 위에서 아기 토끼들에게 이불을 덮어주고 있었답니다.

잔디를 쏟아부은 뒤 아래를 내려다본 맥그레거 아저씨는 잔디 더미 사이로 삐죽삐죽 튀어나온 여러 개의 갈색 귀를 발견했어요. 아저씨는 한참 동안이나 그것들을 바라보고 서 있었답니다.

그 순간, 파리 한 마리가 날아와 아기 토끼의 귀에 앉는 바람에 귀가 꿈틀거렸어요.

맥그레거 아저씨는 도랑으로 내려가 쓰레기 더미로 올라갔답니다. 그러고는 아기 토끼들을 자루에 담으며 말했어요. "토실토실한 토끼가 하나, 둘, 셋, 넷, 다섯, 여섯 마리나!"

플롭시 버니 형제들의 꿈속에서는 엄마 토끼가 아기 토끼들을 흔들어 깨우고 있었어요. 아기 토끼들은 잠결에 뒤척였지만 여전히 깨어나지 않았답니다.

맥그레거 아저씨는 자루를 끈으로 동여맨 후 돌담 위에 올려 두고는 잔디 깎는 기계를 갖다 놓으러 집 안으로 들어갔어요.

아저씨가 들어간 사이, 집에 남아 있던 엄마 토끼 플롭시는 들판을 가로질러 도랑 쪽을 향해 걸어갔어요. 엄마 토끼는 돌담 위에 놓인 자루를 이상하게 여기며 남편과 아기들이 다들 어디로 사라졌는지 궁금해 했답니다.

바로 그때 잼 항아리에서 나온 생쥐와 종이봉투를 벗고 나온 벤저민이 플롭시에게 슬픈 소식을 전해 주었어요.

슬픔에 빠진 벤저민과 플롭시는 끈을 풀어볼 생각도 하지 못한 채 눈물만 뚝뚝 흘렸지요.

하지만 꾀 많은 티틀마우스는 자루 밑부분을 이빨로 갉아 구멍을 냈답니다.

플롭시와 벤저민이 아기 토끼들을 자루에서 잡아 꺼내자 생쥐는 아기 토끼들을 마구 꼬집어 깨웠어요.

그리고 엄마 토끼와 아빠 토끼는 빈 자루에 썩은 애호박 세 개와 까맣게 그을린 장작 그리고 썩은 순무 두 개를 허겁지겁 채워 넣었지요.

그러고는 모두들 덤불 아래에 숨어서 맥그레거 아저씨를 지켜봤어요.

다시 돌아온 맥그레거 아저씨는 자루를 들고 걸어갔어요.

자루가 꽤 무거웠는지 몸을 한쪽으로 갸우뚱 기울인 채 터벅터벅 걸어갔답니다.

그 뒤로는 플롭시 버니 형제들이 들키지 않게 살금살금 아저씨를 따라갔어요.

토끼들은 아저씨가 집으로 들어가는 것을 바라봤어요.

그러고는 무슨 일이 벌어지는지 엿보기 위해 창문 위로 기어

올라갔답니다.

맥그레거 아저씨는 돌바닥 위에 자루를 아무렇게나 휙 던져 놓았어요. 만약 플롭시 버니 형제들이 그 자루 안에 있었더라면 얼마나 아팠을까요!

아저씨가 의자를 돌바닥 위로 드르륵 끌어와 앉는 소리가 들렸어요. 그리고 아저씨는 신이 나서 낄낄대며 말했답니다.

"토실토실한 토끼가 하나, 둘, 셋, 넷, 다섯, 여섯 마리나!"

"뭐라고요? 그게 무슨 말이에요, 여보? 토끼들이 또 뭘 먹어 치웠어요?" 맥그레거 부인이 물었습니다.

그러자 이번에는 맥그레거 아저씨가 손가락을 접어 가며 말했습니다. "토실토실한 토끼가 하나, 둘, 셋, 넷, 다섯, 여섯 마리나! 하나, 둘, 셋……."

"엉뚱한 소리 좀 그만해요. 대체 그게 무슨 말이냐고요, 영감!"

"자루 속에 말이야! 토끼가 하나, 둘, 셋, 넷, 다섯, 여섯 마리가 있다고!" 맥그레거 아저씨가 대답했어요.

(막내 플롭시 버니가 창문틀 위로 올라가 앉았습니다.)

맥그레거 부인은 자루를 들고 손으로 만져봤어요. 분명히 여섯 마리인 것 같긴 했지만 아주 딱딱하고 모양이 각각 다른 것을 보아 아주 늙은 토끼들인 것 같았답니다.

"먹을 수는 없겠네요. 하지만 내 낡은 망토의 안감으로 쓰기에는 딱 알맞겠어요."

"망토의 안감이라고? 차라리 팔아서 담배나 사겠소!" 맥그레거 아저씨가 화가 나서 소리쳤답니다.

"담배라니요! 나는 기필코 토끼털을 벗겨내고 머리를 잘라버리고 말겠어요!"

맥그레거 부인은 자루의 끈을 풀고 손을 집어넣었어요.

그러나 손에 채소가 만져지자 부인은 불같이 화를 냈답니다. 맥그레거 부인은 남편이 자기를 골탕 먹이려고 일부러 그런 것이 틀림없다고 말했어요.

그러자 맥그레거 아저씨도 벌컥 화를 냈어요.

그러더니 갑자기 썩은 애호박 하나가 부엌 창문을 향해 날아와서는 막내 플롭시 버니를 맞추고 말았답니다.

아기 토끼는 너무 아픈 나머지 눈물이 찔끔 났어요.

벤저민과 플롭시는 아기 토끼들을 데리고 서둘러 집으로 돌아갔답니다.

결국, 맥그레거 아저씨는 담배를 살 수 없었고, 맥그레거 부인도 토끼털 망토를 만들 수가 없었지요.

하지만 그해 성탄절 날, 토마지나 티틀마우스는 보드랍고 따뜻한 토끼털 선물을 한 아름 받았어요. 덕분에 티틀마우스는 토끼털 망토와 털모자 그리고 팔 토시와 따뜻한 벙어리장갑으로 따뜻한 겨울을 보낼 수 있었답니다.

11. 티틀마우스 아주머니 이야기

옛날에 티틀마우스 아줌마라고 불리는 숲쥐가 한 마리 살았습니다. 티틀마우스 아줌마는 산울타리 아래의 비탈에서 살고 있었어요.

정말 신기한 집이었어요!
길고 긴 모래가 덮인 통로를
따라가면, 열매들과 씨앗들이
들어 있는 저장실이 나왔습니
다. 이것은 모두 울타리의 나
무뿌리 사이에 있었지요.

집에는 부엌과 응접실, 식기실, 식품 저장실이 있었습니다. 게
다가 티틀마우스 아줌마가 잠자는 방도 있었어요. 그곳에서 티
틀마우스 아줌마는 상자 모양의 작은 침대에서 잠을 잤습니다.

티틀마우스 아줌마는 지나칠 정도로 깔끔했고, 까다로웠어요.
그래서 부드러운 모래가 깔린 바닥을 항상 빗자루로 쓸고, 먼지
를 털었습니다.

가끔 딱정벌레가 복도에서 길을 잃을 때도 있었습니다.

"저리 가! 저리 가! 더러운 발 저리 치워!"

티틀마우스 아줌마는 쓰레받기를 달그락거리면서 말했죠.

그러던 어느날, 몸집이
작은 노부인이 붉고 반점
이 많은 망토를 입고 뛰어
오르내리는 것이었어요.
"무당벌레 할머니! 집에
불이 났어요! 얼른 날아
서 애들에게 가보세요!"

또 어떤 날은 크고, 뚱뚱한 거미가 비를 피해서 들어왔어요.
"실례합니다. 혹시 여기 모펫 아가씨 집이 아닌가요?"
"저리 가요! 나쁜 거미 양반이 감히 겁도 없이! 멋지고 깨끗한
내 집 곳곳에 어디 거
미줄을 치려고!"

티틀마우스 아줌마
는 거미를 창밖으로 마
구 밀어서 내쫓았어요.
거미는 가늘고 긴 거미
줄을 타고 울타리 아래
로 내려갔습니다.

어느 날 티틀마우스 아줌마는 멀리 떨어진 저장실로 향했어요. 저녁으로 먹을 버찌씨와 민들레 씨앗을 가져오려고요.

복도를 걸어가는 내내 티틀마우스 아줌마는 코를 벌름거리면서 냄새를 맡고, 바닥을 살펴보았어요.

"꿀 냄새가 나는데? 밖에 울타리에 노란 앵초꽃이 있는 것일까? 더러운 작은 발자국이 난 게 보이는데."

모퉁이에서 갑자기 티틀마우스 아줌마는 배비티 호박벌과 마주쳤어요.

"붕붕, 윙윙, 위잉윙!"

호박벌이 말했어요.

티틀마우스 아줌마는 호박벌을 노려보며 빗자루가 있었다면 얼마나 좋을까 생각했어요.

"안녕하세요. 배비티 호박벌 씨. 댁에게서 벌집을 좀 샀으면 좋겠네요. 그런데 여기 아래에서 도대체 뭘 하고 있는 거죠? 왜 항상 창문으로 들어와서, 윙윙 하고 말을 거는 거죠?"

티틀마우스 아줌마는 화를 내기 시작했습니다.

"붕붕, 윙윙, 위잉윙!"

가늘고 힘없는 목소리로 배비티 호박벌 씨가 대답했습니다. 티틀마우스 아줌마는 옆으로 홱 비켜서 복도를 지나갔고, 도토리 창고 안으로 사라졌습니다.

티틀마우스 아줌마는 크리스마스가 되기 전에 도토리를 전부 먹어버렸습니다. 분명히 창고는 비어 있어야 하지만, 거기에는 희한하게도 어수선한 마른 이끼가 가득했습니다.

티틀마우스 아줌마는 이끼를 잡아 뜯기 시작했습니다. 다른 벌 서너 마리가 머리를 내밀고, 거칠게 윙윙거렸습니다.

티틀마우스 아줌마가 말했습니다.

"나는 집을 빌려준 적 없어. 이건 무단침입이라고! 전부 다 쫓아낼 거야!"

"윙! 윙! 윙!"

"누군가 나를 도와줄 사람이 없을까?"

"윙! 윙! 윙!"

"아무리 그래도 잭슨 아저씨는 집에 들여놓지 말아야지. 발을 전혀 안 씻으니까."

티틀마우스 아줌마는 식사를 마칠 때까지 일단 벌들을 놔두기로 했습니다.

응접실로 돌아왔을 때, 티틀마우스 아줌마는 누군가 굵은 목소리로 쿨럭쿨럭 기침하는 소리를 들었습니다. 고개를 돌리니 소리가 나는 곳에는 잭슨 아저씨가 앉아 있었어요!

  아저씨는 작은 흔들의자에 온몸을 기대고 앉아 있었습니다. 미소를 띠고 손가락을 빙빙 돌리면서, 발은 난롯가에 턱 올려놓고 있었지요.

  그는 울타리 밑에 있는 도랑에 살았습니다. 무척 더러운 도랑이었어요.

  "잭슨 아저씨, 안녕하세요? 이런 세상에! 온몸이 흠뻑 젖었어요!"

  "티틀마우스 아줌마! 아이고, 고맙습니다. 고맙습니다. 잠시 앉아서 몸 좀 말리려고요."

  잭슨 아저씨가 말했습니다.

  잭슨 아저씨는 앉아서 미소를 지었고, 코트 끝에서 물방울이

뚝뚝 떨어져 내렸습니다. 티틀마우스 아줌마는 대걸레를 들고 주위를 돌아다녀야 했습니다.

아저씨가 한참동안 앉아 있는 바람에, 티틀마우스 아줌마는 같이 식사하자고 권해야만 했습니다.

처음에 티틀마우스 아줌마는 그에게 체리 씨를 주었습니다.

"티틀마우스 아줌마! 고맙습니다. 고맙습니다. 그런데, 제가 이빨이 없어서요. 이빨이 없습니다."

잭슨 아저씨가 말했습니다. 그러고는 입을 필요 이상으로 크게 벌렸는데, 정말 이빨이 없었습니다.

그래서 티틀마우스 아줌마는 민들레 씨앗을 내왔습니다.

"티들리, 위들리, 위들리! 푸푸푸!"

잭슨 아저씨가 민들레 씨앗을 불어서 방 안은 온통 민들레 씨앗으로 가득했습니다.

"티틀마우스 아줌마! 고맙습니다. 고맙습니다. 고맙습니다. 이제 제가 정말로 정말로 먹고 싶은 것은 꿀 한 접시입니다!"

"저런 어쩌죠? 잭슨 씨! 꿀은 없어요."

티틀마우스 아줌마가 말했습니다.

"티틀마우스 아줌마! 티들리, 위들리, 위들리."

미소를 지으면서 잭슨 아저씨가 말했습니다.

"꿀 냄새가 나는군요. 그래서 제가 방문한 것이지요."

잭슨 아저씨는 무겁게 몸을 일으켜서 식탁에서 일어났고, 찬장을 들여다보았습니다.

티틀마우스 아줌마는 행주를 손에 든 채, 아저씨를 뒤따라갔습니다. 복도 마루에 찍히는 축축하고 커다란 발자국을 지우기 위해서였지요.

찬장에 꿀이 없는 것을 확인하자, 잭슨 아저씨는 복도를 걸어
내려가기 시작했습니다.

"정말이에요, 잭슨 씨! 복도가 좁아서 꼼짝도 못 하실 거예요."

"티틀마우스 아줌마! 티들리, 위들리, 위들리."

우선 그는 식료품 저장실 안으로 몸을 디밀었습니다.

"티들리, 위들리, 위들리? 꿀이 없다고요? 꿀이 없다고요? 티틀
마우스 아줌마?"

접시걸이에는 끔찍한 벌레들이 숨어 있었어요. 그중 두 마리는 도망쳤지만, 가장 작은 벌레는 잭슨 아저씨에게 붙잡혔어요.

그런 뒤에 그는 식품 저장실 안으로 몸을 밀어 넣었어요. 나비 아가씨가 설탕을 맛보고 있었지만, 곧 창밖으로 날아가 버렸습니다.

"티틀마우스 아줌마! 티들리, 위들리, 위들리. 손님들이 많은 것 같군요!"

"네, 초대한 적도 없는데 말이죠."

티틀마우스 아줌마가 말했어요.

잭슨 아저씨와 티틀마우스 아줌마는 모래 통로를 따라 걸어갔
어요.

"티들리 위들리!"

"윙! 윙! 윙!"

그는 모퉁이에서 배비티 호박벌을 만났고, 덥석 잡아챘다가
다시 내려놓았어요.

"저는 호박벌이 싫어요. 온몸에 까칠까칠한 털이 나 있어서요."

잭슨 아저씨는 소맷자락으로 입을 닦으면서 말했습니다.

"나가, 이 지저분한 늙은 두꺼비야!"

배비티 호박벌이 소리를 질렀습니다.

"세상에, 정신이 하나도 없네!"

티틀마우스 아줌마가 소리쳤습니다.

티틀마우스 아줌마는 잭슨 아저씨가 벌집을 끌어내는 동안 잠시 견과류 저장실에 들어가서 문을 잠가버렸습니다. 아저씨는 벌침을 별로 무서워하지 않는 것 같았어요.

티틀마우스 아줌마가 밖으로 나오려고 하자, 모두들 도망쳤습니다.

하지만 그 자리는 끔찍할 정도로 지저분했습니다.

"그렇게 더러운 것은 난생 처음이야. 깨끗했던 나의 집 여기저기가 꿀과 이끼와 민들레 씨앗으로 얼룩지고, 크고 작은 더러운 발자국이 여기저기에 찍혀 있고 말이지!"

티틀마우스 아줌마는 이끼와 남은 밀랍을 정리했습니다.

그런 뒤에 나가서 가지를 몇 개 주워왔습니다. 현관문을 일부만 잠가 놓기 위해서 말입니다.

"잭슨 씨가 들어오지 못하도록 작게 만들어야지!"

티틀마우스 아줌마는 창고에서 부드러운 비누와 플란넬 천과 수세미를 가져왔습니다. 하지만 더 이상 일할 수 없을 정도로 너무 피곤했습니다. 처음에는 의자에서 꾸벅꾸벅 졸다가, 침대로 갔습니다.

"집이 다시 깨끗해질 수 있을까?" 가엾은 티틀마우스 아줌마가 말했습니다.

다음 날 아침 티틀마우스 아줌마는 아주 일찍 일어나서 봄맞이 대청소를 시작했습니다. 꼬박 2주일이 걸렸습니다.

티틀마우스 아줌마는 쓸고, 문지르고, 먼지를 털었습니다. 가구는 밀랍으로 잘 닦았고, 작은 양철 숟가락도 닦았습니다.

집 안이 깨끗하게 정리되었을 때, 티틀마우스 아줌마는 잭슨 아저씨를 빼고 다른 꼬마 쥐 다섯 마리를 불러다가 잔치를 벌였습니다. 잭슨 아저씨는 음식 냄새를 맡고 둑으로 다가왔지만, 문 안으로 비집고 들어오지는 못했습니다.

그래서 다들 잭슨 아저씨에게 단물을 도토리 꼭지컵에 담아 창문으로 건네주었습니다. 그래도 잭슨 아저씨는 조금도 기분 나빠 하지 않았습니다.

그는 햇볕 아래 앉아서 말했습니다.

"티들리, 위들리, 위들리! 티틀마우스 아줌마의 건강을 위해서 건배!"

12. 티미 팁토스 이야기

옛날에 티미 팁토스라고 불리는, 작고 뚱뚱한 회색 다람쥐가 살았습니다. 그는 높은 나무 꼭대기 위에 나뭇잎으로 만든 둥지를 가지고 있었어요. 그에게는 구디라고 불리는 작은 다람쥐 아내가 있었지요.

티미 팁토스는 산들바람을 즐기면서 바깥에 앉아 있었습니다. 그는 꼬리를 한 번 흔들더니, 껄껄 웃었습니다.

"여보 구디, 열매가 다 익었어. 겨울과 봄에 먹을 열매를 저장해야 해."

구디 팁토스는 이끼를 둥지 아래에 밀어 넣느라 바빴습니다.

"둥지가 아늑하니까, 겨울 내내 푹 잘 수 있을 거예요."

구디가 말했습니다.

"잠에서 깨면 살이 많이 빠져 있겠지. 봄에는 먹을 게 없으니까."

슬기로운 티머시가 대답했습니다.

티미와 구디 팁토스가 밤나무 덤불에 와 보니, 먼저 와 있던 다른 다람쥐들도 있었습니다. 티미는 재킷을 벗어서 나뭇가지에 걸고는 아내와 함께 조용히 계속 일했습니다.

매일같이 하루에도 몇 번씩 그들은 오르락내리락했고, 밤과 도토리를 충분히 땄습니다. 가방 안에 넣어서 날랐고, 자신들의 둥지 가까이에 있는 속이 빈 나무 그루터기 안에 저장했지요.

나무 그루터기가 꽉 찼을 때, 그들은 나무 높은 곳에 뚫린 구멍에 열매를 넣기 시작했습니다. 원래 그곳은 딱따구리 집이었지요. 열매들은 밑으로, 밑으로 떨어져 내렸습니다.

"밖으로 어떻게 꺼내죠? 저 금통처럼 입구가 좁은데요."
구디가 말했습니다.
"괜찮아요. 여보, 봄에는 훨씬 빼빼해지니까."
티미 팁토스는 구멍을 들여다보면서 말했습니다.
티미와 구디는 열매를 많이 모았습니다. 하나도 잃어버리지 않았기 때문이지요!

열매를 땅에 묻었던 다람쥐들은 절반도 넘게 잃어버렸습니다. 묻은 곳을 잊어버렸기 때문입니다.

숲에서 가장 잘 잊어버리는 다람쥐가 있었는데, 이름은 실버테일이었습니다. 그는 땅을 파기 시작했지만, 어디에 묻었는지를 기억하지 못했습니다. 결국 다른 곳을 팠고, 다른 다람쥐가 묻어놓은 열매를 발견했습니다. 결국 싸움이 벌어졌습니다. 다른 다람쥐들도 땅을 파기 시작해서 숲은 온통 소동에 휩싸였습니다.

불행히도, 바로 이때 작은 새들이 무리지어 날아가고 있었습니다. 새들은 수풀에서 수풀로, 거미와 녹색 애벌레를 찾아서 날아갔습니다. 그곳에는 작은 새들이 여러 마리 있었고, 서로 다른 노래들을 재잘거렸습니다.

첫 번째 새가 노래를 불렀습니다.

누가 내 열매를 파서 가져갔나?
누가 내 열매를 파서 가져갔나?

그러자 다른 새가 노래를 불렀습니다.

빵은 약간 있지만, 치즈는 없다네!
빵은 약간 있지만, 치즈는 없다네!

　다람쥐들은 새들을 따라가서 귀를 기울였습니다. 첫 번째 작
은 새는 덤불 속으로 날아갔습니다. 그곳에서 티미와 구디 팁토
스는 조용히 가방을 묶고 있었습니다. 작은 새는 다시 노래를 불
렀습니다.

누가 내 열매를 파서 가져갔나?
누가 내 열매를 파서 가져갔나?

　티미 팁토스는 대답하지
않고, 자기 일을 계속했습니
다. 사실 작은 새는 대답을
기대하지 않았습니다. 그것
은 단지 자연스럽게 나온 노
래였을 뿐, 별다른 뜻이 없었
거든요.

하지만 다른 다람쥐들은 그 노래를 듣고, 티미 팁토스에게 달려들어서 때리고, 할퀴고, 열매가 들어 있던 가방을 빼앗았습니다. 아무런 잘못이 없는 작은 새는 모든 말썽을 일으킨 다음 겁이 나서 멀리 날아가 버렸습니다.

티미는 쓰러져서 구르고, 또 굴렀습니다. 그런 뒤에 꽁무니를 빼며 자신의 둥지 쪽으로 날다시피 도망쳤습니다. 뒤에는 수많은 다람쥐들이 "누가 내 열매를 파서 가져갔나?"라고 소리를 지르면서 쫓아갔습니다.

　다람쥐들은 티미를 붙잡아서, 작은 구멍이 있던 바로 그 나무 위로 끌어올렸습니다. 그러고는 티미를 구멍 안으로 밀어 넣었습니다. 티미의 몸집에 비해 구멍은 무척 작았습니다. 다람쥐들은 티미를 막무가내로 밀어 넣었는데, 갈비뼈가 부러지지 않은 게 신기할 정도였습니다. 실버테일이 말했습니다.

　"전부 말할 때까지 구멍 안에 가둬놓자."

　그러고는 구멍 안으로 소리쳤습니다.

　"누가 내 열매를 파서 가져갔나?"

티미 팁토스는 대답하지 않았습니다. 그는 나무 안으로 굴러 떨어졌고, 자신의 열매 위에서 기절한 채로 꼼짝하지 않고 누워 있었습니다.

구디는 열매가 든 가방을 들고 집으로 갔습니다. 티미를 위해 차를 한 잔 만들었지만, 티미는 아무리 기다려도 오지 않았습니다.

구디 팁토스는 쓸쓸하고 외로운 밤을 보냈습니다. 다음 날 아침 구디는 티미를 찾아서 열매가 달린 덤불로 돌아갔습니다. 하지만 다른 다람쥐들이 구디를 쫓아버렸습니다.

구디는 숲 전체를 돌아다니면서 외쳤습니다.

"티미 팁토스! 티미 팁토스! 어디 있어요?"

 그사이에 티미는 정신이 돌아왔습니다. 어둠 속에서 작은 이끼 이불을 덮고 있는 자신을 발견했고, 온몸이 쑤셨습니다. 아마도 지하에 있는 것 같았습니다. 티미는 갈비뼈 부분이 아파서 기침을 했고, 신음소리를 냈습니다. 찍찍 소리가 들리더니, 작은 얼룩다람쥐가 조명을 들고 나타났습니다. 티미가 몸이 좀 나아졌길 바랐던 것일까요?

 티미에게 이보다 더 친절한 일은 없었습니다. 얼룩다람쥐는 잠잘 때 쓰는 모자를 빌려주었고, 집에는 먹을 것이 가득했습니다.

다람쥐는 도토리가 나무 꼭대기에서 비처럼 쏟아졌다고 알려
주었습니다.

"그리고 땅에 묻힌 도토리도 발견했어요!"

얼룩다람쥐는 티미의 이야기를 듣더니 크게 웃었습니다. 티미
가 침대에 머물러 있는 동안에, 얼룩다람쥐는 티미에게 많이 먹
으라며 자꾸 음식을 권했습니다.

"하지만 살을 빼지 않고, 도대체 제가 구멍으로 어떻게 나갈 수
있지요? 아내가 걱정할 거예요!"

"그럼 열매 한두 개만 먹어보세요. 제가 쪼개드릴게요."

얼룩다람쥐가 말했습니다. 티미 팁토스는 점점 뚱뚱해졌어요!

  이제 구디 팁토스는 다시 혼자 일하기 시작했습니다. 구디는
딱따구리 구멍에 열매를 더 이상 넣지 않았습니다. 왜냐하면 열
매를 다시 꺼낼 수 있을 것이라고 확신하지 못했기 때문입니다.
구디는 열매를 나무뿌리 아래에 숨겼습니다. 열매는 아래로 구
르고, 구르고, 또 굴렀어요. 구디가 한 차례 더 커다란 자루를 비
웠을 때, 비명소리가 들렸습니다. 그다음 구디가 한 자루를 더 비
웠을 때, 작은 얼룩다람쥐가 급히 가까스로 기어 나왔습니다.

"열매들로 아래층이 거의 꽉 찼어요. 응접실도 가득 찼고, 열매들도 복도를 따라 구르고 있어요. 그리고 남편인 치피는 도망쳐 떠났고요. 열매가 소나기처럼 내리는데 도대체 어떻게 된 일인가요?"

"죄송합니다. 여기에 누군가가 살고 있는 줄 몰랐어요. 하지만 치피 씨는 어디에 있나요? 제 남편 티미 팁토스도 사라졌거든요."

구디 팁토스가 말했습니다.

"치피가 어디에 있는지는 알고 있어요. 작은 새가 제게 말했거든요."

얼룩다람쥐 치피 부인이 말했습니다.

치피 다람쥐 부인은 딱따구리가 살고 있는 나무로 올라가서, 구멍에서 나는 소리에 귀를 기울였습니다.

저 아래에서 열매를 깨는 소리가 들렸고, 굵은 목소리와 가는 목소리를 지닌 두 다람쥐가 함께 노래를 부르고 있었죠.

저의 조그만 할아버지와 제가 떨어져 버렸어요.
어떻게 이런 일이 일어났을까요?
당신이 가져올 수 있을 만큼 가져와요.
그리고 가버려, 이 영감탱이야!

"당신은 그 작은 구멍으로 들어갈 수 있겠네요."

구디 팁토스가 말했습니다.

"네, 할 수 있어요."

다람쥐가 말했습니다.

"하지만 제 남편 치피가 깨물어서요!"

저 아래에서는 열매를 깨고, 씹어 먹는 소리가 들렸습니다. 그리고 그때, 아까 그 다람쥐들이 노래를 불렀습니다.

디들럼 데이를 위해

데이 디들 덤 디!

데이 디들 디들 덤 데이!

그때 구디가 구멍 안을 보았어요. 그리고 남편을 불렀어요.

"티미 팁토스! 아, 티미 팁토스!"

그러자 티미가 대답했어요.

"구디 팁토스, 당신 맞지? 세상에!"

그는 올라와서, 구멍을 통해 구디에게 입을 맞추었어요. 하지만 너무 뚱뚱해져서 밖으로 나올 수 없었어요.

치피 다람쥐는 뚱뚱하진 않았지만, 밖으로 나오고 싶어 하지 않았어요. 그는 저 아래에서 킥킥 웃고만 있었어요.

　그렇게 2주가 지난 어느 날, 세찬 바람이 나무 윗부분을 꺾어버렸어요. 구멍이 열렸고, 비가 들이쳤어요.

　그때 티미 팁토스는 밖으로 나와서 우산을 쓰고 집으로 갔어요.

　하지만 치피 다람쥐는 불편을 무릅쓰고 1주일 더 밖에서 야영을 했어요.

어느 날 커다란 곰 한 마리가 숲에서 걸어왔어요. 곰도 열매를 찾고 있는 것 같았어요. 곰은 냄새를 킁킁 맡으면서 주위를 돌아다녔어요.

치피 다람쥐는 재빨리 집으로 도망쳤어요!

치피 다람쥐는 집에
왔을 때, 코감기에 걸린
것을 알아챘어요. 그래
서 그는 더욱 마음이 불
편했어요.

그리고 이제 티미와
구디 팁토스는 자신들
의 열매 창고에 작은
자물쇠를 달았어요.

그리고 그 작은 새는 다람쥐들을 볼 때마다 노래를 불렀죠.

누가 내 열매를 파서 가져갔나?

누가 내 열매를 파서 가져갔나?

하지만 아무도 대답하지 않았답니다!

13. 도시 쥐 조니 이야기

    도시 쥐 조니는 벽장에서 태어났어요. 시골 쥐 티미 윌리는 정원에서 태어났지만 실수로 상자에 담겨 도시로 갔지요. 티미 윌리가 태어난 정원의 농부는 일주일에 한 번씩 배달원을 통해 야채를 마을로 보냈습니다. 농부는 야채를 큰 고리버들 상자에 넣었습니다.

농부는 상자를 정원
문 옆에 놓아두었습니
다. 배달원이 지나갈
때, 상자를 가지고 갈 수
있도록 말이죠. 티미 윌리는 상
자에 난 구멍 속으로 기어들어갔어
요. 그리고 콩을 몇 알 먹은 뒤, 깊은 잠에 빠졌습니다.

배달원이 상자를 수레에 싣기 위해서 들어 올릴 때, 티미는 깜
짝 놀라서 잠에서 깨어났어요. 한 번 흔들리더니, 딸가닥 딸가닥

말굽소리가 들렸어요. 다
른 짐들도 수레 안에 던
져졌어요. 몇 킬로미터를
달가닥 달가닥 달가닥!
그리고 티미 윌리는 뒤섞
인 야채더미 속에서 몸을
떨었습니다.

마침내 수레가 멈추더니 배달원이 어느 집 앞에서 광주리를 꺼내서, 집 안으로 날랐어요. 광주리는 바닥에 놓였습니다. 요리사는 배달원에게 6펜스를 주었어요. 뒷문은 쾅 닫혔고, 수레는 덜거덕거리면서 저 멀리 사라졌어요. 하지만 주변은 계속 시끄러웠어요. 수레들 몇백 대가 지나가고 있는 것 같았고, 개들은 컹컹 짖었고, 소년들은 길에서 휘파람을 불었고, 요리사는 웃었으며, 시중드는 하녀는 계단을 뛰어서 오르락내리락했고, 카나리아는 증기기관차처럼 노래를 불렀습니다.

평생 정원 밖을 나온 적이 없는 티미 윌리는 무서워서 죽을 것 같았어요. 곧바로 요리사는 바구니를 열어서, 채소를 꺼내기 시작했어요. 겁에 질린 티미 윌리는 곧바로 튀어나왔습니다. 의자에 앉아 있던 요리사는 펄쩍 뛰어오르면서, 비명을 질렀습니다.

"으악! 쥐, 쥐가 있어! 고양이를 데려와! 사라! 부지깽이 가져와!"

티미 윌리는 사라가 부지깽이를 들고 올 때까지 기다리지 않았어요. 티미는 벽 밑에 댄 좁은 널빤지를 따라 달리다가 작은 구멍을 발견했고, 구멍 안으로 뛰어들었습니다.

티미는 사람 키만 한 높이에서 아래로 떨어져 내렸고, 그만 저녁을 먹던 도시 쥐들의 식탁 위를 덮쳐서 유리컵 세 개를 깨뜨렸습니다.

"세상에! 이게 무슨 일이야?"

도시 쥐 조니가 소리쳤습니다. 하지만 처음에만 놀라서 소리를 질렀을 뿐 곧 예의를 갖추었습니다.

　조니는 예의를 갖추어서 다른 쥐 아홉 마리에게 티미 윌리를
소개했습니다. 다들 긴 꼬리에 하얀 넥타이를 매고 있었습니다.
티미 윌리는 꼬리가 짧았습니다. 도시 쥐 조니와 친구들은 이를
눈치챘습니다. 하지만 교육을 잘 받았기에 티미의 기분이 상할
말은 하지 않았습니다. 오직 한 마리만이 혹시 덫에 걸린 적이 있
는지 티미 윌리에게 물어보았죠.

저녁은 8개의 코스 요리로 나왔습니다. 양은 많지 않았지만, 맛이 정말 훌륭했습니다. 전부 처음 보는 요리여서 티미는 먹기를 주저했습니다. 사실 무척 배가 고팠지만, 같이 식사하는 동료들 앞에서 식사 예의를 지키느라 바빴어요. 그러다 위층에서 계속 들리는 소리 때문에 불안한 나머지 그만 접시를 떨어뜨리고 말았습니다.

　조니가 말했습니다. "걱정 마, 우리랑 상관없는 일이야."

"이제 후식을 가지고 오는 게 어떨까?"

조니의 말을 듣자 주위 상황을 알 수 있었습니다. 다른 쥐들의 시중을 들던 두 어린 쥐가, 코스 요리가 나오는 사이에 위층 부엌으로 올라갔습니다. 잠시 후 그들은 웃고 소리를 지르면서 쿵쿵 뛰어 들어왔습니다. 티미는 그들이 고양이에 쫓긴 것을 알고 공포에 질렸습니다. 입맛이 뚝 떨어지고, 기절할 것 같았습니다.

"젤리 좀 먹어볼래?" 조니가 말했습니다.

"안 먹어? 일찍 잠자리에 들겠다고? 그럼 세상에서 가장 편안한 소파 베개가 있는 곳으로 가자."

소파 베개는 안에 구멍이 하나 나 있었습니다. 조니는 이 소파 베개가 특별히 방문객을 위해 따로 마련한 가장 훌륭한 침대라고 친절하게 설명해 주었습니다.

 하지만 소파에서는 고양이 냄새가 났습니다. 티미 윌리는 차라리 난로망 밑에서 비참한 밤을 보내는 편이 더 낫겠다고 생각했습니다.

 다음 날도 똑같았습니다. 도시 쥐들은 베이컨을 즐겨 먹었는데, 그들을 위한 완벽한 아침 식사가 나왔습니다. 하지만 티미 윌리는 뿌리와 채소를 먹고 자란 쥐였습니다. 조니와 친구들은 마루 밑에서 떠들었고, 저녁에는 대담하게 밖으로 나와서 온 집을 돌아다녔습니다. 사라가 차가 놓인 쟁반을 들고 아래로 뛰어 내려갈 때 특히 시끄러운 소리가 났습니다. 비록 고양이가 있었지만 쥐들은 잼, 설탕, 빵 부스러기를 여기저기에서 긁어모았습니다.

　티미는 햇빛이 비치는 언덕 비탈 안에 있는 평화로운 집에 가고 싶었습니다. 음식도 입에 맞지 않았고, 시끄러운 소리 때문에 밤에는 잠도 제대로 못 잤습니다. 며칠 뒤에 조니는 티미가 홀쭉해진 것을 알아채고, 왜 그런지 물었습니다. 조니는 티미의 정원 이야기를 듣다가 궁금한 것이 생겼습니다.

　"좀 지루한 곳 같은데? 비가 오면 뭘 하니?"

"모래굴 속에 들어앉아서 가을 저장고에 넣어둔 옥수수와 씨앗 껍질을 까지. 풀밭에 있는 개똥지빠귀와 검은 새를 내다보고, 내 친구인 수탉 로빈도 내다보지. 그리고 해가 다시 나올 즈음엔 정원에 핀 꽃들을 한 번 봐야 하는데 장미꽃, 패랭이꽃, 팬지꽃…… 새들이 지저귀는 소리, 벌들이 윙윙 날아다니는 소리, 초원의 양들이 우는 소리밖에 들리지 않아."

"저기 또 고양이가 지나간다!"

조니가 다시 소리쳤습니다. 티미와 조니가 지하 석탄고에 숨었을 때, 조니는 다시 말하기 시작했습니다.

"솔직히 말하면, 좀 섭섭했어. 우린 널 잘 대접하려고 노력했거든, 티미."

"아, 그래, 맞아. 정말 잘해주었지. 하지만 좀 불편해서."

티미 윌리가 말했습니다.

"음식이 몸에 안 맞아서 배탈이 났을지도 모르지. 아마 상자로 다시 돌아가는 편이 나을지도 몰라."

"뭐? 정말!"

티미 윌리가 깜짝 놀라 소리쳤습니다.

조니가 톡 쏘아 말했습니다.

"물론 솔직히 말하면, 우리는 지난주에 네가 살던 곳으로 널 돌려보낼 수 있었어. 토요일에 빈 광주리가 돌아가는 것 못 봤어?"

　그래서 티미 윌리는 새 친구들에게 잘 있으라고 작별 인사를
한 뒤, 케이크 한 조각과 마른 양상추 잎을 가지고 광주리 안에
숨었습니다. 수없이 흔들린 뒤에 티미는 무사히 정원에 내렸습
니다.

토요일이면 가끔 티미는 문
옆에 놓인 상자로 가까이 가
서 안을 들여다보곤 했습니
다. 하지만 다시 상자 안으
로 들어가기에는 너무 많은
것을 알고 있었지요. 비록
조니가 방문하기로 약속했
지만, 아무도 광주리 밖으로
나오지 않았습니다.

겨울이 지났습니다. 해가
다시 떴고, 티미 윌리는 자
기 굴 옆에 앉아서 작은 털
코트를 손질하며 제비꽃과
봄풀의 냄새를 맡았습니다.

티미는 도시를 방문했던 일을 거의 잊어버렸습니다. 그러던 어느 날, 모랫길 위에 도시 쥐 조니가 갈색 가죽가방을 든 채 서 있는 것이 아니겠어요!

티미 윌리는 두 팔을 벌려서 그를 반갑게 맞았습니다.

"한 해 중에서 가장 좋은 때에 왔네. 약초 푸딩을 먹고, 햇살 아래 앉아서 쉬자."

"음! 조금 습하네."

조니가 말했습니다. 그는 흙이 묻지 않도록 꼬리를 들고 있었습니다.

"저 무시무시한 소리는 뭐지?"

조니는 흠칫 놀랐습니다.

"저 소리 말야? 그냥 젖소일 뿐이야. 우유를 약간 얻어올게. 소들은 널 해치지 않아. 모르고 널 깔고 앉을 경우를 제외하면 말이지. 도시의 다른 친구들은 잘 지내?"

티미 윌리가 말했습니다.

조니가 한 이야기는 특별히 좋지도 나쁘지도 않았습니다. 그는 왜 이렇게 일찍 시골을 방문했는지 설명했습니다. 집안 식구들이 부활절을 맞아 해변에 가버렸고, 집에서 함께 살면서 일하는 요리사가 봄맞이 대청소를 했기 때문입니다. 주인은 쥐들을 모두 없애라는 특별 지시를 내렸다고 합니다. 새끼 고양이가 네 마리 있었는데, 고양이가 카나리아를 죽였습니다.

"우리가 한 짓이라고 사람들이 말했지만 난 사실을 알고 있지."
조니가 말했습니다.

"그런데, 도대체 저 시끄러운 소리는 뭐지?"

"잔디 깎는 기계 소리야. 네 잠자리를 마련하기 위해 잘린 풀을 약간 가지고 올게. 네가 아예 시골에 눌러앉아 사는 게 더 좋다는 걸 알게 될 거라 장담하겠어."

"음, 다음 주 화요일까지 있어볼게. 주인집이 해변에 있을 때는 채소 상자도 배달되지 않을 테니까."

"내가 장담하는데 다시는 도시에 살고 싶어지지 않을걸."

티미가 말했습니다.

하지만 조니는 도시로 떠나 버렸습니다. 야채 바로 옆에 놓인 상자에 담겨서요. "여긴 너무 조용해!"라고 말하면서 말이죠.

저마다 자신에게 맞는 곳이 있습니다. 저는 티미 윌리처럼 시골에서 사는 게 좋답니다.

14. 토드 씨 이야기

지금까지 예의 바른 사람들에 대한 책을 많이 썼습니다. 이번에는 무례한 두 동물이 나오는 이야기를 한 번 해보겠습니다. 오소리 토미 브록과 토드 여우 아저씨에 대한 이야기입니다.

토드 씨를 "좋다"고 하는 이는 아무도 없었습니다. 토끼들은 그를 정말 싫어했고, 800미터 밖에서도 그의 냄새를 맡을 수 있었습니다. 기다란 수염이 난 그는 정처없이 떠돌아다니는 버릇이 있어서, 토끼들은 그가 다음엔 어디서 나타날지 전혀 알 수 없었습니다.

하루는 토드 씨가 잡목림 속 오두막에서 지내는 바람에 벤저민 바운서 할아버지네 가족들을 겁에 질리게 했어요. 다음 날에는 호수 근처 버드나무로 옮겨가서 들오리와 물쥐들을 놀라게 했습니다.

겨울과 이른 봄에는 대개 오트밀 바위산 아래 불 강둑에 있는 바위들 사이의 땅 밑에서 지내곤 했습니다.

그는 집을 여섯 채나 가지고 있었지만, 집에 있을 때는 거의 없었습니다.

토드 씨가 집을 옮겼을 때에도 항상 집이 비어 있지는 않았습니다. 가끔씩 오소리 토미 브록이 집 안으로 들어왔기 때문입니다. (허락도 받지 않고 말이죠.)

토미 브록은 뻣뻣하고 짧은 털을 지녔고, 몸집이 뚱뚱해서 뒤뚱뒤뚱 걸어 다녔습니다. 항상 씨익 웃고 다녔는데, 얼굴 전체에 웃음이 번져 있었습니다. 그리 좋지 않은 버릇을 가지고 있어서 말벌의 벌집과 개구리와 지렁이를 먹기도 하고, 달빛을 받으면서 여기저기 뒤뚱뒤뚱 걸어 다니다가 땅을 파서 온통 헤집어 놓았습니다.

토미 브록은 옷이 무척 더러웠고 낮에 잘 때는 항상 신발을 신고 잠자리에 들었습니다. 그가 주로 기어드는 침대는 토드 씨 것이었습니다.

그는 가끔 토끼고기 파이를 먹을 때도 있었습니다. 하지만 다른 음식이 정말 부족할 때만 아기 토끼로 만든 파이를 먹는 정도였습니다.

토미 브록은 바운서 할아버지와 친했습니다. 못된 수달들과 토드 씨를 싫어한다는 점에서 둘은 마음이 맞았습니다. 그들은 수달과 토드가 너무 싫다면서 자주 이야기를 나누었습니다.

바운서 할아버지는 몇 년째 병에 시달렸습니다. 그는 굴 밖에서 봄 햇살을 받으면서 앉아 있었습니다. 목에 머플러를 두르고 토끼 담뱃잎을 채운 담배를 피우곤 했습니다.

그는 아들 벤저민과 며느리 폴롭시와 함께 살았고, 손자들이 있었습니다. 그날 오후에는 벤저민과 플롭시가 외출했기 때문에 손자들을 돌보는 것은 바운서 할아버지의 몫이었습니다.

작은 아기 토끼들은 이제 겨우 파란 눈을 뜨고, 발길질을 했습니다. 토끼들은 중앙 토끼 굴에서 따로 떨어져 있는 얕은 굴속에서 보송보송한 울과 건초 침대에 누워 있었습니다. 사실, 바운서 할아버지는 아기 토끼들을 그만 잊어버리고 말았어요.

그는 햇살 아래 앉아서, 토미 브록과 다정하게 대화를 나누고 있었습니다. 토미 브록은 자루를 짊어지고, 땅을 파는 데 사용할 작은 삽과 두더지 덫 몇 개를 들고 마침 숲을 지나던 길이었습니다. 그는 꿩 알이 부족하다고 불평했고, 토드 씨가 꿩을 다 잡아간다며 비난했습니다. 또 자신이 겨울잠을 자는 사이에 수달들이 개구리를 죄다 가져갔다고 투덜거렸습니다.

"지난 2주 동안 밥을 제대로 먹지 못했어요. 호두나무 열매나 먹으면서 겨우 지낸단 말이죠! 채식주의자가 되든가, 아니면 내 꼬리라도 먹어야 할 판이에요!" 토미 브록이 말했습니다.

농담으로 하는 말이 아니었지만, 바운서 할아버지는 무척 재미있게 들었습니다. 왜냐하면 토미 브록은 너무 뚱뚱하고, 둥실둥실하게 항상 웃으며 다녔으니까요.

그래서 바운서 할아버지는 웃으면서 토미 브록에게 집에 들어와서 씨앗 케이크를 좀 맛보라고, 플롭시가 노란 야생화로 담근

술도 한 잔 하라고 권했습니다. 토미 브록은 재빨리 토끼굴 속으로 몸을 밀어 넣었습니다.

그때 바운서 할아버지는 담배를 한 대 더 피웠고, 토미 브록에게 양배추 여송연을 주었습니다. 담배가 너무 독해서, 토미 브록은 전보다 더 입을 크게 벌리고 웃었습니다. 그러자 연기가 굴을 가득 채웠습니다. 바운서 할아버지가 쿨럭쿨럭 기침을 하면서 웃자 토미 브록도 담배를 뻐끔뻐끔 피우면서 씩 웃었습니다.

바운서 할아버지는 웃으면서 기침했고, 담배 연기 때문에 눈을 감았습니다. 그런데…….

벤저민과 플롭시가 돌아왔을 때, 바운서 할아버지는 그만 잠에서 깼습니다. 토미 브록과 아기 토끼들이 모두 없어졌습니다!

바운서 할아버지는 토끼 굴 안에 누군가를 들여놓았다는 사실을 털어 놓으려고 하지 않았습니다.

하지만 오소리 냄새가 나는 것은 숨길 수 없었고, 게다가 모래 위에 둥글고 깊게 파인 발자국들이 나 있었습니다. 바운서 할아버지는 망신을 당했습니다. 플롭시는 괴로운 나머지 자신의 귀를 쥐어뜯었고, 바운서 할아버지를 밀쳐냈습니다.

벤저민은 곧바로 토미 브록을 뒤쫓아 갔습니다.

토미 브록을 쫓아가는 것은 그리 어렵지 않았습니다. 구불구불한 오솔길 위로 발자국을 남기면서 숲을 가로질러 천천히 올라갔기 때문입니다. 이끼와 토끼풀을 뿌리째 뽑은 곳이 있는가 하면, 꽤 깊은 구덩이를 판 뒤에 두더지 덫을 놓고 강아지풀을 심어놓은 곳도 있었습니다. 실개천이 길을 가로질렀습니다. 벤저민은 마른 발로 가볍게 건너뛰었습니다. 오소리 발자국이 진흙 속에 깊게 파여 있었습니다.

오솔길은 수풀로 이어졌습니다. 나뭇잎이 많이 달린 참나무가 있었고, 파란 히아신스가 바다처럼 깔려 있었습니다. 하지만 벤저민의 걸음을 멈추게 만든 냄새는 꽃향기가 아니었습니다!

벤저민 앞에 모습을 드러낸 것은 토드 씨의 오두막이었습니다. 토드 씨는 분명히 집에 있었습니다. 여우 냄새가 났을 뿐만 아니라, 부서진 양동이로 만든 굴뚝에서 연기가 나오고 있었기 때문입니다.

벤저민 버니는 앉아서 집 안을 노려보았습니다. 수염이 덜덜 떨렸습니다. 오두막 안에서 누군가 접시를 떨어뜨렸고, 말소리가 들리자 벤지민은 발을 구르며 달아났습니다.

벤저민은 숲의 반대편에 도착할 때까지 멈추지 않았습니다. 분명히 토미 브록도 같은 쪽으로 가고 있었습니다. 벽 위에는 오소리의 흔적이 있었고, 자루에서 풀려나온 실 몇 가닥이 가시에 걸려 있었습니다.

　벤저민은 벽을 넘어서 초원으로 나갔습니다. 그는 새로 놓아
둔 두더지 덫을 발견했고, 여전히 토미 브록을 쫓고 있었습니다.
해가 지고 있었고 다른 토끼들은 저녁 공기를 즐기기 위해 밖으
로 나왔습니다. 그중 한 토끼는 푸른색 외투를 입은 채, 바쁘게
민들레를 모으고 있었습니다.

　"사촌! 피터 래빗! 피터 래빗!"

　벤저민이 소리쳤습니다.

　푸른색 외투를 입은 토끼는 귀를 쫑긋 세우고 앉았습니다.

　"벤저민, 도대체 뭐가 문제야? 고양이야? 아니면 흰 담비 존?"

"아니, 그게 아니라! 토미 브록이 내 자식들을 잡아가버렸어. 자루 속에 넣어서 말이야. 혹시 봤어?"

"토미 브록이? 벤저민! 몇 마리나 잡혀갔는데?"

"모두 일곱 마리야. 다들 쌍둥이고! 지나가는 거 봤어? 빨리 말해줘!"

"응, 봤지. 여길 지나간 지 10분도 채 안 지났어. 자루에 든 것은 애벌레라고 하더라고. 나는 애벌레치곤 발길질을 꽤 세게 한다고 생각했지."

"어디로? 어느 길로 갔어?"

"자루 속에 뭔가 살아 있는 게 들어 있었어. 그리고 그가 두더지 덫을 놓는 것을 봤어. 벤저민, 머리를 좀 굴려보게 처음부터 말해줘."

그래서 벤저민은 처음부터 전부 이야 기했습니다.

"바운서 삼촌은 정 말 너무나도 경솔한 모습을 보여주었어."

피터는 회상하듯 이 말했습니다.

"하지만 두 가지 점에서 아직 희망이 있어. 우선 아기들이 발로 찬다는 것은 아직 살아 있다는 뜻이지. 그리고 토미 브록은 벌써 가볍게 식사를 한 셈이야. 아마 잠자러 갈 거고, 토끼들은 내일 아침에 먹으려고 남겨둘 거야."

"어느 길로 갔는데?"

"벤저민. 진정해. 길은 내가 잘 알고 있어. 토드 씨가 지금 오두 막에 있기 때문에 토미 브록은 불 언덕 꼭대기에 있는 토드 씨의 다른 집으로 가버렸어. 자기가 지나는 길이라고 내 여동생 코튼 테일에게 말했대."

(코튼테일은 어느 검은 토끼와 결혼하여 언덕에서 살고 있었습니다.)

피터는 모아두었던 민들레를 숨기고서 벤저민과 함께 갔습니다. 둘 다 흥분한 상태로 몇 개의 평야를 가로질렀고, 언덕을 오르기 시작했습니다. 토미 브록이 지나간 길은 분명하게 눈에 띄

었습니다. 10미터마다
그는 자루를 내려놓고
쉬었습니다.

"무척 숨을 헐떡거린
게 틀림없어. 냄새가
나는 것을 보니 거의
따라잡았어. 정말 지독
한 놈이군!"

피터가 말했습니다.

햇살은 여전히 따스했고, 언덕 초원을 비스듬히 비추고 있었
습니다. 반쯤 올라가니 코튼테일은 현관에 앉아 있었고, 반쯤 자
란 작은 토끼 네다섯 마리가 그녀 주위에서 뛰놀고 있었습니다.
그중 한 마리만 검은색이었고, 나머지는 갈색이었습니다.

코튼테일은 토미 브록이 지나가는 것을 멀리서 보았습니다. 피터가 남편이 집에 있느냐고 물어보자, 코튼테일은 토미 브록이 묵은 적이 두 번 있다고만 했습니다.

토미 브록이 고개를 끄덕거리더니 자루를 손으로 가리키며 크게 웃었다고도 했습니다.

"피터! 빨리 와. 애들을 요리해 먹을 거야. 서둘러야 해!"

벤저민이 말했습니다.

피터와 벤저민은 위로 오르고, 또 올랐습니다.

"코튼테일 남편은 집에 있어. 검은 귀가 구멍 밖으로 튀어나온 걸 봤거든. 그들은 바위 가까이에 살아서 이웃들과 다툴 일에는 끼지 않아. 이리 와, 벤저민!"

불 언덕 위에 있는 숲에 가까워졌을 때, 그들은 조심스럽게 나아갔습니다. 바위들이 쌓인 곳에서 나무들이 자라고 있었습니다. 그리고 그곳, 울퉁불퉁한 바위 아래에 토드 씨의 집이 한 채 있었습니다. 집은 가파른 언덕 꼭대기에 있었는데, 바위로 둘러싸이고 수풀이 드리워져 있었습니다. 토끼들은 귀를 기울이고, 주위를 경계하며 조심스럽게 기어갔습니다.

그 집은 동굴과 감옥처럼 보이는 데다 다 허물어져가는 돼지우리 같았고, 단단한 문이 닫힌 채로 잠겨 있었습니다.

지는 해는 유리창을 불꽃처럼 빨갛게 물들였지만 아궁이에는 불이 지펴져 있지 않았습니다. 토끼들이 창문으로 몰래 들여다보니, 마른 나뭇가지들이 가지런히 정리되어 있었습니다.

벤저민은 안도의 한숨을 내쉬었습니다.

하지만 부엌 테이블 위에 준비해 놓은 것을 보았을 때는 온몸을 떨었습니다. 거기에는 푸른 버들잎무늬가 그려진 큰 파이접시, 커다란 나이프와 포크, 고기 칼이 놓여 있었습니다.

식탁 반대편에는 약간 접힌 식탁보, 접시, 큰 컵, 칼과 포크, 소금 그릇, 겨자와 의자가 있었습니다. 한마디로 한 사람의 저녁식사 준비가 되어 있었습니다.

아무도 보이지 않았고, 아기 토끼들도 보이지 않았습니다. 부엌은 텅 비어 조용했습니다. 시계조차 멈추었습니다. 피터와 벤저민은 코가 눌릴 정도로 유리창에 바짝 붙어서 어두컴컴한 부엌을 노려보았습니다.

잠시 후 그들은 바위 주위를 한 바퀴 빙 돌아서 집의 반대쪽으로 갔습니다. 축축했고 냄새가 났으며, 들장미와 가시나무가 제멋대로 자라 있었습니다.

토끼들은 무서워서 오들오들 떨었습니다.

"아, 불쌍한 내 아기들! 이렇게 무서운 곳에 있다니! 다시는 애들을 못 보겠지!"

벤저민은 한숨을 쉬었습니다.

피터와 벤저민은 침대 쪽 창문으로 기어올랐습니다. 창문은 부엌처럼 닫힌 채로 잠겨 있었습니다. 하지만 얼마 전에 유리창이 열렸던 흔적이 있었습니다. 거미줄이 망가져 있었고, 창가에는 검은 발자국이 뚜렷하게 나 있었습니다.

방 안이 어두워서, 처음에는 아무것도 알아볼 수 없었습니다. 하지만 그들은 느리고 깊게 코 고는 소리를 들을 수 있었습니다. 눈이 어둠에 익숙해지자, 그들은 누군가가 토드 씨의 침대 위에서 담요를 덮고 몸을 웅크린 채 자고 있다는 것을 알 수 있었습니다.

"신발도 벗지 않은 채로 잠들었어."

피터가 속삭였습니다.

벤저민은 잔뜩 겁에 질려서 몸을 떨며 피터를 창가에서 떼어 냈습니다.

토드 씨의 침대에서는 토미 브록이 그르렁거리며 코 고는 소리가 규칙적으로 들려왔습니다. 아기 토끼들은 전혀 보이지 않았습니다.

해가 완전히 지자 숲에서는 부엉이가 울기 시작했습니다. 어둠 속에서 묻혀 있어야 할 것들이 여기저기 나뒹굴고 있었습니다. 토끼 뼈들과 해골들, 닭다리와 그 밖의 끔찍한 것들이었습니다. 어둡고 소름 끼치는 곳이었습니다.

그들은 집 앞으로 되돌아갔고, 부엌 창문의 빗장을 움직여 보려고 온갖 노력을 다했습니다. 창문 틀 사이에 있는 녹슨 못을 뽑아내려고 했지만 아무 소용이 없었고, 특히 빛이 없어서 더 어려웠습니다.

그들은 작은 소리에도 귀를 기울이고 속삭이면서 창밖에 나란히 앉았습니다.

30분 뒤에 달이 나무 위로 떠올랐습니다.

보름달이 선명하고 차갑게 빛나며 바위들 사이에 있는 집을 비추었고, 부엌 창가로 비쳐들었습니다. 하지만 아아, 아기 토끼들은 하나도 보이지 않았습니다!

부엌칼과 파이 그릇에 달빛이 비쳐서 반짝였고, 달빛이 더러운 마루 위에 길게 드리워졌습니다.

달빛은 부엌 아궁이 옆에 난 작은 문을 비추었습니다. 옛날에 장작을 땔 때 사용하던 작은 철문이 벽돌로 만들어진 아궁이에 달려 있었습니다.

 곧 피터와 벤저민은 창문을 흔들 때마다 동시에 반대쪽에 있는 작은 문이 응답하는 것처럼 흔들리는 것을 발견했습니다. 아기 토끼들은 오븐 안에 갇힌 채 살아 있었습니다!

벤저민은 무척 흥분했지만 그 바람에 토미 브록을 깨우지 않은 것은 천만다행이었습니다. 토미 브록이 코 고는 소리는 계속 들려왔습니다.

하지만 아기 토끼들이 살아 있다는 사실만으로는 안심할 수 없었습니다. 창문이 열리지 않았기 때문입니다. 비록 아기 토끼들은 살아 있었지만, 스스로 빠져나올 수 없었고 아직 어려서 기어 다니지도 못했기 때문입니다.

오랫동안 속삭이면서 의논한 뒤에 피터와 벤저민은 굴을 파기로 결심했습니다. 그들은 비탈 아래 1~2미터 깊이로 굴을 파기 시작했습니다. 집 아래에 있는 큰 돌들 사이에 굴을 뚫기 위해서였습니다. 부엌 마루는 너무 더러워서 원래 흙으로 만들어졌는지, 아니면 돌로 만들어졌는지 분간할 수 없었습니다.

그들은 몇 시간 동안 굴을 파고, 또 팠습니다. 돌 때문에 똑바로 팔 수도 없었습니다. 하지만 밤이 되었을 때, 부엌 바닥 밑까지 도달할 수 있었습니다. 벤저민은 등을 대고 누워서, 굴 천장을 팠습니다. 피터는 발톱이 다 닳도록 모래를 굴 밖으로 날랐습니다. 잠시 후 피터는 해가 떴다고 알렸습니다! 숲에서는 참새들이 시끄럽게 울고 있었습니다.

벤저민은 귀에 들어간 모래를 털어내면서, 어두운 굴 밖으로 나왔습니다. 그는 앞발로 자기 얼굴을 닦았습니다. 해가 점점 떠오를수록 언덕 위는 점점 따뜻해졌습니다. 계곡에는 하얀 안개가 자욱이 펼쳐져 있었고, 그사이로 금빛으로 물든 나무 꼭대기가 보였습니다.

한 번 더 안개 속에 묻힌 저 아래 벌판에서 참새의 화난 울음소리가 들려왔고, 뒤따라 여우가 내지르는 날카로운 울음소리가 들려왔습니다.

그 순간 피터와 벤저민은 완전히 당황했습니다. 그래서 그만 가장 어리석은 짓을 했습니다. 그들은 새로 뚫은 좁은 굴속으로 재빨리 기어들어 갔고 굴의 제일 끝에, 그러니까 토드 씨의 부엌 마루 아래에 숨었습니다.

　토드 씨는 불 언덕으로 점점 다가오고 있었습니다. 정말 기분
이 좋지 않았습니다. 첫째로, 접시가 부서져서 화가 났습니다. 사
실 그것은 토드 씨 잘못이었습니다. 하지만 그 사기 접시는 빅슨
토드 할머니가 남겨주신 식기 세트 중 마지막으로 남아 있던 것
이었습니다. 게다가 둥지에 있던 수탉도 놓쳐버렸습니다. 달걀
이 다섯 개밖에 없었는데, 하필 두 개는 상한 달걀이었습니다. 토
드 씨는 불쾌한 기분으로 밤을 보냈습니다.

기분이 안 좋을 때면 늘 그랬듯이, 토드 씨는 집을 옮기기로 결심했습니다. 먼저 그는 가지친 버드나무에서 묵을 생각을 했지만, 너무 축축했습니다. 게다가 수달들이 근처에 죽은 물고기를 놔두었습니다. 토드 씨는 자기 주변에 다른 동물들이 뭔가 남겨 놓는 것을 좋아하지 않았습니다.

그는 계속 언덕을 올라갔습니다. 그러면서 오소리가 남긴 흔적을 발견했습니다. 그의 기분은 조금도 나아지지 않았습니다. 이끼를 그토록 아무렇게나 헤집어 놓는 동물은 토미 브록 말고는 없었기 때문입니다.

　토드 씨는 지팡이로 땅을 후려쳤고, 벌게진 얼굴로 씩씩거렸습니다. 그는 토미 브록이 지나갈 만한 곳을 추측했습니다. 그러다가 끈질기게 쫓아오는 참새들 때문에 더욱 짜증이 났습니다. 참새들은 나무에서 나무로 날아다니면서, 소리가 들리는 곳에 있는 모든 토끼들에게 고양이나 여우가 농장으로 다가오고 있다고 경고했습니다. 한번은 참새가 소리를 지르면서 머리 위로 날아가자, 토드 씨는 참새를 덥석 물어버리고는 크게 짖었습니다.

그는 녹이 슨 커다란 열쇠를 들고 매우 조심스럽게 집으로 다가갔습니다. 쿵쿵 냄새를 맡자 수염이 떨렸습니다. 문은 잠겨 있었지만, 토드 씨는 집에 과연 아무도 없는지 의문이 들었습니다. 그가 녹슨 열쇠를 자물쇠에 끼우고 돌리자 바닥 아래에 있던 토끼들은 열쇠가 돌아가는 소리를 들을 수 있었습니다. 토드 씨는 조심스럽게 문을 열고 안으로 들어갔습니다.

부엌에 들어섰을 때 눈에 비친 광경 때문에 토드 씨는 무척 화가 났습니다. 토드 씨의 의자는 물론이고, 식탁 위에는 파이 그릇, 칼과 포크, 겨자, 소금통과 찬장에 개어 놓은 식탁보가 놓여 있었습니다. 이는 전부 저녁(혹은 아침)을 위한 것이었고 그가 지독히도 싫어하는 토미 브록의 짓이 틀림없었습니다.

집 안에는 신선한 흙내와 더러운 오소리 냄새가 섞여 있어서, 다행스럽게도 토끼 냄새를 감출 수 있었습니다.

무엇보다도 토드 씨의 주의를 끈 것은 소리였습니다. 침대 쪽에서 깊고 느리게 코 고는 소리가 규칙적으로 들려왔습니다.

그는 반쯤 열린 침실 문으로 흘깃 들여다보고 몸을 돌려 급히 집 밖으로 나왔습니다. 화가 난 토드 씨의 수염은 곤두섰고, 코트의 깃도 바짝 섰습니다.

다음 20분 동안 토드 씨는 집 안에 살짝 들어왔다가 서둘러 나가기를 반복했습니다. 그러다 점점 더 그는 안쪽으로 움직여 결국 침실까지 들어갔습니다. 집 밖에 나와서는 화가 나서 땅을 마구 긁어댔지만 막상 집 안에 들어서서 토미 브록의 이빨을 보면 참을 수밖에 없었습니다.

토미 브록은 실실 웃으면서, 입을 헤벌린 채 누워 있었습니다. 그는 평화롭게, 규칙적으로 코를 골았습니다. 하지만 한 눈은 완전히 감지 않았습니다. 자는 척하고 있었던 거죠.

토드 씨는 침실을 들락날락했습니다. 두 차례 그는 지팡이를 가지고 왔고, 한 번은 석탄 통을 가지고 들어왔습니다. 하지만 그는 더 좋은 생각이 나서, 지팡이와 석탄 통을 들고 밖으로 나갔습니다.

토드 씨가 석탄 통을 들고 나간 뒤에 되돌아왔을 때, 토미 브록은 약간 옆에 누워 있었습니다. 겉으로 보기에는 더욱 곤히 잠든 것 같았습니다. 토미 브록은 아무도 못 말릴 정도로 게을렀고, 토드 씨를 조금도 무서워하지 않았습니다. 너무나 게을러서 편한 곳에 자리 잡으면 움직일 생각도 하지 않았습니다.

토드 씨는 빨랫줄을 가지고 침실로 다시 돌아왔습니다. 그는 일 분 동안 토미 브록을 지켜보면서 가만히 서 있었습니다. 그리고 코 고는 소리를 주의 깊게 들었습니다. 그 소리는 매우 크고 자연스러웠습니다.

토드 씨는 침대에서 등을 돌려서 창문을 열었습니다. 끼익 하는 소리가 들리자 그는 놀라서 그만 공중으로 뛰어올라 한 바퀴 돌고 말았습니다. 한 눈을 뜨고 있던 토미 브록은 재빨리 눈을 감고, 계속 코를 골았습니다.

이런 토드 씨의 행동들은 특이했고, 많이 불편해 보였습니다. (왜냐하면 침대는 창문과 침실 문 사이에 있었기 때문입니다.) 그는 창문을 약간 열었고, 더 많은 양의 빨랫줄을 밖으로 밀었습니다. 나머지 줄은 끝에 고리가 달린 채 그의 손에 남아 있었습니다.

토미 브록은 코를 계속 골았습니다. 토드 씨는 서서 그를 잠시 쳐다보았습니다. 그러고는 방을 다시 나갔습니다.

토미 브록은 두 눈을 떴습니다. 그리고 줄을 보고 씨익 웃었습니다. 창밖에서 소음이 들리자 토미 브록은 재빨리 눈을 감았습니다.

토드 씨는 현관문을 나섰고, 집 뒤로 돌아갔습니다. 도중에 그는 토끼 굴과 마주쳤습니다. 그 안에 누군가 있다고 생각했다면 재빨리 끄집어냈을 것입니다.

토드 씨는 벤저민과 피터 래빗이 파놓은 굴 바로 위로 지나갔습니다. 하지만 다행히도 그는 굴을 판 것은 토미 브록 짓이라고 생각했습니다.

토드 씨는 창가에서 줄 끝을 들어올리고, 잠시 귀를 기울였습니다. 그런 뒤에 줄을 나무에 묶었습니다.

토미 브록은 창문을 통해 토드 씨를 한 눈으로 쳐다보았습니다. 그는 어리둥절했습니다.

토드 씨는 샘으로 가서 크고 무거운 양동이에 물을 가득 받아왔습니다. 그리고 부엌을 지나 그의 침실 안으로 느릿느릿 걸어갔습니다.

토미 브록은 열심히 코를 골면서 코웃음을 쳤습니다.

토드 씨는 양동이를 침대 옆에 내려놓고, 끝에 고리가 달린 밧줄을 들어 올렸습니다. 그러다가 머뭇거리면서, 토미 브록을 한 번 보았습니다. 코 고는 소리는 거의 발작처럼 엄청나게 컸지만, 웃음은 그다지 크지 않았습니다.

토드 씨는 침대 머리맡에서 조심조심 의자 위로 올라갔습니다. 그의 다리는 위험할 정도로 토미 브록의 날카로운 이빨과 가까웠습니다.

어쨌든 그는 끝까지 올라가 원래는 커튼이 매달려 있어야 할 침대 지붕에 고리가 달린 밧줄 끝을 넘겼습니다.

　집에는 아무도 없었기 때문에 토드 씨의 커튼은 둘둘 말린 채로 다른 곳에 치워져 있었습니다. 침대보도 마찬가지였습니다. 토미 브록은 단지 담요만 덮고 있을 뿐이었습니다. 토드 씨는 흔들거리는 의자 위에 서서 아래를 주의 깊게 내려다보았습니다. 토미 브록은 잠자기 대회 일등을 차지할만큼 깊이 잠든 것처럼 보였습니다. 어떤 것도 그를 깨울 수 없는 것처럼 보였습니다. 심지어 밧줄이 침대 위에서 흔들려도 말이죠.

　토드 씨는 의자에서 무사히 내려왔고, 물이 든 양동이를 들고 다시 올라가려고 애를 썼습니다. 그러고는 양동이를 토미 브록의 머리 위에서 흔들거리는 고리에 달려고 했습니다. 창문을 통해서 이어진 줄로 샤워기처럼 물을 들이붓기 위해서였습니다.

　태어날 때부터 다리가 가늘어서, 그는 무거운 양동이를 고리까지 들어 올릴 수 없었습니다. 그러다 거의 균형을 잃고 쓰러질 뻔했습니다.

　코 고는 소리는 점점 더 요란하게 들려왔습니다. 토미 브록의 뒷다리 중 하나가 담요 밑에서 부들부들 떨렸지만, 겉으로는 계속 평화롭게 잠자는 것처럼 보였습니다.

토드 씨는 양동이를 들고 의자에서 무사히 내려왔습니다. 무척 고민한 끝에, 그는 물을 단지와 세숫대야에 비웠습니다. 텅 빈 양동이는 그다지 무겁지 않았습니다. 그는 양동이를 토미 브록의 머리 위에서 흔들거리도록 매달아놓았습니다.

그렇게 깊이 잠이 든 사람이 세상에 또 있을까요? 토드 씨는 의자에서 일어서고 앉기를 반복했습니다.

그는 양동이 물을 한 번에 들어 올릴 수가 없어서, 우유 항아리를 가져다놓고 국자로 조금씩 물을 양동이에 떠 옮겼습니다. 양동이는 점점 차올랐고 시계추처럼 흔들렸습니다. 이따금 물이 한 방울씩 튀었지만 토미 브록은 여전히 규칙적으로 코를 골았고, 한쪽 눈 외에는 전혀 움직이지 않았습니다.

마침내 토드 씨는 모든 준비를 마쳤습니다. 양동이는 물로 가득 찼습니다. 줄은 침대 지붕에 걸친 채 단단히 매여 있었고, 유리창을 통해서 밖에 서 있는 나무까지 이어져 있었습니다.

"이렇게 하면 침실이 엉망이 되겠지. 봄 대청소를 하지 않으면 저 침대에서 다시는 못 잘 거야."

토드 씨가 말했습니다.

토드 씨는 마지막으로 오소리를 한 번 더 쳐다보고, 방을 조용히 나갔습니다. 그는 집 밖으로 나가 현관문을 닫았습니다. 토끼들은 굴 위로 울리는 여우의 발자국 소리를 들었습니다.

토드 씨는 줄을 풀어서 양동이에 담긴 물이 토미 브록 위로 떨어지게 할 속셈으로 집 뒤로 달려갔습니다.

"기겁을 하고 일어나게 만들어야지."

토드 씨가 말했습니다.

토드 씨가 집을 나서자 토미 브록은 재빨리 일어났습니다. 그는 토드 씨의 잠옷을 벗어서 둘둘 말아 양동이 밑의 침대 안에 넣었습니다. 자기 대신 말입니다. 그러고는 씩 웃으면서 방을 나갔습니다.

그는 부엌에 가서 불을 지피고, 주전자의 물을 끓였습니다. 지금 당장은 아기 토끼들을 요리하느라 고생할 생각이 없었습니다.

 토드 씨는 나무로 와서 밧줄을 풀려고 했지만, 물이 든 양동이 때문에 밧줄이 너무 탱탱해서 풀 수 없었습니다. 할 수 없이 토드 씨는 밧줄을 20분 동안이나 이빨로 씹어서 끊어야 했습니다. 그러다가 밧줄이 갑자기 홱 풀어져서 하마터면 이빨이 다 뽑힐 뻔했고, 토드 씨는 뒤로 쓰러졌습니다.

 집 안에서 철퍼덕 물이 쏟아지는 큰 소리가 들렸고, 뒤이어 양동이가 바닥을 구르는 소리가 들렸습니다.

 하지만 비명소리는 들리지 않았습니다. 토드 씨는 얼떨떨하게 앉아서 귀를 기울였습니다. 그런 다음에 창문 안을 흘긋 들여다보니 침대에서 물방울이 떨어지고 있었고, 양동이는 한쪽 바닥 구석에서 뒹굴고 있었습니다.

침대 한가운데 이불 밑에, 뭔가가 납작하게 젖어 있었습니다. 양동이가 부딪힌 곳은 배 부분이었는데 움푹 파여 있었고, 머리는 젖은 담요로 덮여 있었으며 더 이상 코 고는 소리도 들리지 않았습니다.

아무것도 움직이지 않았습니다. 단지 침대 매트리스에서 똑, 똑, 똑 물방울 떨어지는 소리만 들렸습니다.

토드 씨는 30분 동안 물방울이 떨어지는 것을 보았습니다. 그의 눈은 반짝였습니다. 그런 뒤에 그는 신나게 뛰어다녔고, 용기를 내서 유리창을 두드리기도 했습니다. 하지만 침대 위에 있는 것은 전혀 움직이지 않았습니다.

좋았어! 틀림없었습니다. 토드 씨가 계획했던 것보다 훨씬 더 나았습니다. 양동이가 가엾은 토미 브록을 세게 내리쳐서, 그만 죽었던 것입니다!

"저 지독한 놈을 자기가 파놓은 구멍 안에 묻어버려야겠다. 이부자리를 꺼내서, 햇볕 아래에서 말려야지."

토드 씨가 말했습니다.

"식탁보는 빨아서, 풀 위에 하얗게 펼쳐놓아야지. 그리고 이불은 꼭 바람에 말려야지. 침대는 완전히 살균한 뒤에, 다리미와 뜨거운 물이 든 병으로 따뜻하게 데워야겠어."

"부드러운 비누, 원숭이 상표 비누, 온갖 비누를 가져와야겠다. 소다와 문지르는 솔, 살충제도 가져오고, 냄새를 없애기 위해 석탄산도 가져와야지. 살균을 해야 해. 어쩌면 연기로 소독하기 위해 황을 좀 태워야 할지도 몰라."

그는 부엌에서 삽을 가져오기 위해서 급히 집 안으로 들어갔습니다.

"먼저 구덩이를 파야겠다.

그런 뒤에 담요에 싸인 저놈을 끌어내야지……"

그리고 여우는 문을 열었습니다.

토미 브록은 토드 씨의 부엌 식탁에 앉아 있었고, 토드 씨의 찻잔에 차를 따르는 중이었습니다. 그는 전혀 젖지 않았고, 씨익 웃고 있다가 갑자기 델 정도로 뜨거운 차가 담긴 찻잔을 토드 씨에게 던졌습니다.

토드 씨는 토미 브록에게 달려들었고, 토미 브록은 토드 씨를 붙잡았습니다. 그들은 부서진 그릇과 도자기 사이에서, 부엌 여기저기 나뒹굴며 큰 싸움을 벌였습니다.

밑에 있던 토끼들에게 그 소리는 마치 가구가 넘어져서 바닥이 갈라지는 소리처럼 들렸습니다.

그들은 굴 밖으로 기어나가 불안에 떨며 귀를 기울이면서 돌과 덤불 사이에 매달려 있었습니다.

집 안에서 벌어진 소동은 끔찍했습니다. 오븐 안에 있던 아기 토끼들은 덜덜 떨면서 잠에서 깨어났습니다. 그들이 안에 갇혀 있었던 것은 차라리 다행이었죠.

부엌 식탁 말고는 모든 게 넘어지고, 뒤집혔습니다.

게다가 벽난로 위 선반과 난로망을 제외하고 모든 것이 부서졌습니다. 도자기 그릇들은 산산조각이 났습니다.

의자들은 부서졌고, 창문과 시계가 큰 소리를 내면서 떨어졌습니다. 그리고 토드 씨의 엷은 갈색 수염이 한 움큼 뽑혀 있었습니다.

벽난로 선반 위에 놓여 있던 화분들과 선반에 놓여 있던 보관통들과 난로 옆 쇠 선반 위에 놓여 있던 주전자도 아래로 떨어졌습니다. 토미 브록은 딸기잼 병 속에 발이 쑥 들어가 버렸습니다.

그리고 주전자에서 끓어 넘치던 물이 그만 토드 씨의 꼬리 위에 쏟아졌습니다.

주전자가 떨어졌을 때, 여전히 웃고 있던 토미 브록은 토드 씨 위를 통나무처럼 데굴데굴 굴러서 결국 문 밖으로 나갔습니다.

으르렁거리는 소리가 밖에까지 들렸고, 그들은 강둑 위를 지나 언덕 아래로 구르다가 바위에 세게 부딪혔습니다. 토미 브록과 토드 씨는 이제 더 나빠질 사이도 없었습니다.

　방해물들이 사라지자 피터 래빗과 벤저민 버니는 수풀 밖으로 나왔습니다.

　"이제 가자! 벤저민, 뛰어 들어가서 애들을 구해야지! 내가 문에서 망을 볼게."

　하지만 벤저민은 겁에 질렸습니다.

　"무서워! 그들이 돌아올 거야!"

　"아니, 돌아오지 않아."

　"아니야, 돌아올 거라고!"

　"그런 말 하지 마! 저들은 채석장 아래로 떨어진 것 같아."

　벤저민은 계속 망설였고, 피터는 계속해서 그를 재촉했습니다.

　"서둘러, 괜찮아. 벤저민, 토드 씨가 눈치채지 않게 오븐 문은 닫고 와."

결국 토드 씨의 부엌에서는 아기 토끼 구조 작전이 벌어졌습니다.

그 무렵 토끼 굴의 분위기는 너무 무거웠습니다.

저녁을 먹으면서 플롭시와 바운서 할아버지는 싸웠고, 밤새도록 잠을 이루지 못했습니다. 그리고 아침을 먹으면서 또 싸웠습니다. 바운서 할아버지는 자신이 토끼 굴 안으로 오소리를 초대했다는 사실을 더 이상 부인할 수 없었습니다. 하지만 그는 플롭시의 비난과 질문에 대꾸하지 않았습니다.

무거운 분위기 속에서 그날 하루가 지나갔습니다.

바운서 할아버지는 매우 뾰로통해져서 구석에 웅크리고 있었
고, 의자로 방어벽을 쳤습니다. 플롭시는 바운서 할아버지의 파
이프를 치워버렸고, 담배를 숨겨놓았습니다. 그리고 기분을 풀
기 위해서 물건들을 완전히 밖으로 꺼내놓고, 봄 대청소를 했습
니다. 바운서 할아버지는 의자 뒤에서 며느리가 다음에는 무엇
을 할지 생각하면서 불안해했습니다.

한편 토드 씨의 부엌에서는 부서진 가구와 유리 조각들이 널
려 있는 가운데, 벤저민이 초조한 마음으로 자욱한 먼지를 뚫고
오븐에 다가갔습니다. 오븐 뚜껑을 열고 안을 더듬어보니, 안에
뭔가 따뜻하고 꾸물대는 것이 있었습니다. 그는 그것을 조심스
레 밖으로 꺼내서는 피터 래빗에게 돌아갔습니다.

"피터! 애들을 찾아냈어! 우리가 도망칠 수 있을까? 아니면 숨을까?"

피터는 귀를 쫑긋 올렸습니다. 멀리서 싸우는 소리가 아직도 숲속에서 울려 퍼지고 있었습니다.

5분 뒤에 토끼 두 마리가 불 언덕을 쏜살같이 뛰어내려왔습니다. 자루를 나누어 잡고 질질 끌다시피 내려오느라 풀밭에 쿵쿵 부딪혔습니다. 그래도 집에 무사히 도착해서는 토끼 굴속으로 바로 뛰어들어갔습니다.

피터와 벤저민이 아이들을 데리고 의기양양하게 도착하자 바운서 할아버지는 한시름을 놓았고, 플롭시도 무척 기뻐했습니다. 아기 토끼들은 뒤죽박죽 뒤엉켜 있었고 무척 배고파했습니다. 하지만 밥을 먹이고 바로 침대에 누이자 곧 기운을 회복했습니다.

바운서 할아버지는 점잔을 떨었지만 결국 신선한 담배와 함께 기다란 새 담뱃대를 받았습니다.

바운서 할아버지는 용서를 받았고, 모두 함께 식사를 했습니다. 피터와 벤저민은 자신들의 얘기를 들려주었지만, 입이 근질거려서 토미 브록과 토드 씨의 싸움이 어떻게 끝났는지부터 말해버리고 말았답니다.

15. 피글링 블랜드 이야기

옛날에 페티토즈 아줌마라고 불리는 나이 많은 엄마 돼지가 살았습니다. 딸 넷은 이름이 삐침이, 쪽쪽이, 우웩이, 얼룩이였고, 아들 넷은 이름이 알렉산더, 피글링 블랜드, 친친이, 뭉툭이였습니다.

뭉툭이는 사고로 꼬리를 다쳐서 꼬리가 뭉툭했지요.

아기 돼지 여덟 마리는 뭐든지 무척 잘 먹었습니다.

"그래! 정말 복스럽게도 잘 먹는구나!"

페티토즈 아줌마는 자식들을 보면서 자랑스럽게 말했습니다.

그런데 별안간 끔찍한 비명소리가 들렸습니다. 알렉산더가 여물통 테에 끼여서 꼼짝 못 하게 된 것입니다.

페티토즈 아줌마는 나와 함께 알렉산더의 뒷발을 잡아끌었습니다.

친친이는 벌써 망신을 당했습니다. 빨래하는 날이었는데, 비누를 하나 먹어버렸기 때문입니다. 게다가 우리는 깨끗한 옷 바구니에서 더러운 아기 돼지를 또 한 마리 찾아냈습니다.

"쯧, 쯧, 쯧! 이게 뭐람!"

페티토즈 아줌마가 꿀꿀거렸습니다.

돼지 가족들은 모두 분홍색이거나 검은 점들이 찍힌 분홍색이지만, 이 아기 돼지는 온몸이 전부 지저분한 검은색이었어요. 목욕통에 첨벙 넣고 보니 우웩이었습니다.

　정원에 나가보았더니, 삐침이와 쪽쪽이가 당근을 파먹는 것이 보였습니다. 나는 그 애들을 회초리로 때리고 귀를 잡아당겨서 끌어냈습니다. 삐침이는 나를 물려고 했습니다.

　"페티토즈 아줌마! 아줌마는 훌륭한 분이시지만, 자녀 교육에 신경 좀 쓰셔야겠어요. 얼룩이와 피글링 블랜드만 빼고 다들 말썽을 피우잖아요."

　나는 말했습니다.

　"네, 맞아요. 어휴……."

　페티토즈 아줌마는 한숨을 쉰 뒤에 말을 이었습니다.

　"저놈들은 우유를 양동이째로 마신다니까요. 젖소를 한 마리
더 들여놓든가 해야지 원. 얼룩이는 착하니까 남겨서 집안일을
시키지만, 다른 놈들은 딴 곳에 보내야겠어요. 아들 넷, 딸 넷은
아무래도 한 집에 살기엔 너무 많아요. 암, 그렇고말고. 저놈들이
없으면 먹을 게 더 많아지겠지요."

그래서 친친이와 쪽쪽이는 외바퀴 수레에 실려 갔고, 뭉툭이, 우웩이, 삐침이는 수레에 실려 갔습니다.

그리고 알렉산더와 피글링 블랜드는 장에 갔습니다. 우리는 그들의 털을 빗어주고, 꼬리를 말아주고, 작은 얼굴을 씻겨주었습니다. 그러고는 마당에서 잘 가라고 인사했습니다.

페티토즈 아줌마는 커다란 손수건으로 눈물을 닦았습니다. 그런 다음에 피글링 블랜드의 코를 닦으면서 눈물을 흘렸고, 알렉산더의 코를 닦으면서도 눈물을 흘렸습니다. 그러고는 손수건을 얼룩이에게 건네주었습니다. 페티토즈 아줌마는 한숨을 쉬고 꿀꿀거리더니, 아기 돼지들에게 다음과 같이 말했습니다.

"피글링 블랜드야! 이제 넌 장에 가야 한단다. 동생 알렉산더의 손을 잡고 가렴. 나들이옷은 더럽히지 않도록 조심하고, 코 닦는 것도 잊지 말고."

(페티토즈 아줌마는 한 번 더 손수건으로 눈물을 닦고 다시 건넸습

니다.)

"함정에 빠지지 않도록 주의하고, 닭장에는 들어가지 말고, 베이컨과 달걀은 무조건 멀리해야 한다. 항상 뒷다리로 서서 걸어다니고."

얌전한 피글링 블랜드는 진지한 얼굴로 엄마를 쳐다보았습니다. 볼 위로 눈물이 주르륵 흘러내렸습니다.

페티토즈 아줌마는 알렉산더에게 고개를 돌렸습니다.

"자, 알렉산더야! 형아 손을……."

"꿀, 꿀, 꿀!"

알렉산더가 킥킥거렸습니다.

"형아 손을 잡아. 너도 장에 가야지. 명심해야⋯⋯."

"꿀, 꿀, 꿀!"

알렉산더는 한 번 더 말을 끊었습니다.

"자꾸 이러면 사람들이 엄마 흉봐요."

페티토즈 아줌마가 말했습니다.

"표지판과 이정표를 잘 보고 다니고, 청어는 가시가 많으니까 통째로 삼키지 말고⋯⋯."

"그리고 일단 주 경계를 넘으면 되돌아올 수 없다는 사실을 잊지 마."

나는 힘주어 말했습니다.

"알렉산더! 넌 내 말을 안 듣는구나. 여기 랭커셔에서 서는 장에 갈 수 있는 통행증이 두 개 있어. 알렉산더! 내 말 잘 들어! 경찰관에게서 이 종이를 얻느라 얼마나 고생했는지 몰라."

피글링 블랜드는 진지한 얼굴로 이야기를 들었습니다. 하지만 알렉산더는 정말 변덕이 죽 끓듯 했습니다.

나는 조끼 주머니에 종이를 넣고 혹시 중간에 빠지지 않도록 핀을 꽂아두었습니다.

페티토즈 아줌마는 둘에게 조그만 짐 보따리를 싸주었고, 적절한 교훈들이 적힌 종잇조각으로 싼 박하사탕 여덟 개도 넣어주었습니다. 준비를 마친 피글링 블랜드와 알렉산더는 출발했습니다.

피글링 블랜드와 알렉산더는 1킬로미터가 넘는 길을 서둘러 걸었습니다. 아니, 피글링 블랜드만 그랬습니다. 알렉산더는 길을 걸으면서 그 절반은 장난치며 깡충깡충 좌우로 뛰어다녔습니다. 알렉산더는 춤을 추면서 형을 꼬집고, 노래를 불렀습니다.

돼지 한 마리는 장에 갔고, 돼지 한 마리는 집에 남아 있고,
돼지 한 마리는 고기를 한 조각 먹었다네…….

143

"피글링 형, 도시락으로 뭘 싸줬는지 한 번 볼까?"

알렉산더와 피글링 블랜드는 앉아서 보따리를 풀었습니다. 알렉산더는 저녁을 한 입에 꿀꺽 먹어치웠습니다. 자기 몫의 박하사탕은 벌써 다 먹어버렸습니다.

"피글링 형! 나 사탕 하나만, 응?"

"하지만 난 비상식량으로 남겨두고 싶은걸."

피글링 블랜드는 머뭇거리며 말했습니다.

알렉산더는 꽥꽥거리며 웃더니 통행증에 꽂아둔 핀을 뽑아서 피글링 블랜드를 찔렀습니다. 화가 난 피글링 블랜드가 철썩 때리자 알렉산더는 핀을 떨어뜨렸고, 대신 피글링 블랜드의 핀을 빼앗아가려고 했습니다. 통행증 두 개가 뒤섞였습니다. 피글링 블랜드는 동생 알렉산더를 혼냈습니다.

하지만 둘은 금방 화해를 했고, 함께 노래를 부르면서 서둘러 걸어갔습니다.

백파이프 연주자 아들 톰이
돼지를 훔쳐 달아났다네!
하지만 연주할 수 있는 곡은
'언덕 너머 저 멀리!'뿐이었다네!

"꼬마 돼지님들, 뭐라고? 돼지를 훔쳤다니? 통행증은 어디 있지?"

경찰관이 말했습니다. 피글링 블랜드와 알렉산더는 모퉁이를 돌다가 하마터면 경찰관과 부딪칠 뻔했습니다. 피글링 블랜드는 자신의 통행증을 끄집어냈습니다. 알렉산더는 주머니를 뒤지더니, 뭔가 구겨진 것을 건넸습니다.

"70그램, 3파딩짜리 사탕. 이게 뭐지? 통행증이 아니잖아?"

알렉산더는 당황해서 풀이 죽었습니다. 통행증을 잃어버렸던 것입니다.

"통행증을 가지고 있었어요! 정말이에요, 경찰관님!"

"통행증도 없이 집 밖을 나서게 하지는 않았을 것 같은데. 나는 농장을 지나가는 길이니, 같이 가자."

"저도 돌아가야 하나요?"

피글링 블랜드가 물었습니다.

"아, 그럴 필요 없어. 네 통행증에는 아무런 문제가 없으니까."

피글링 블랜드는 혼자 가고 싶지 않았습니다. 게다가 비까지 내리기 시작했습니다. 하지만 경찰관과 옥신각신하는 것은 어리석은 일이었습니다. 그래서 피글링 블랜드는 동생에게 박하사탕을 주고, 점점 멀어지는 뒷모습을 지켜보았습니다.

알렉산더의 모험에 대해 마저 이야기하자면, 경찰은 오후 늦게 집으로 느긋하게 걸어갔습니다. 그 뒤로 축축하게 젖은 아기 돼지가 시무룩하게 뒤따라갔습니다. 나는 알렉산더를 옆집에 팔았고, 일단 마음을 잡자 그는 무척 잘 지냈습니다.

피글링 블랜드는 맥없이 혼자 터덜터덜 걸어가다가 교차로에 도착했고, 이정표를 올려다보았습니다. "장이 서는 마을까지 8킬로미터" "언덕 너머까지 6.4킬로미터" "페티토즈 농장까지 4.8킬로미터"라고 적혀 있었습니다.

피글링 블랜드는 충격을 받았고, 장이 서는 마을에서 잠잘 수 있을 것이라는 기대는 거의 사라졌습니다. 게다가 내일이 바로 장날이었습니다. 알렉산더가 까불어서 얼마나 많은 시간을 낭비했는지를 생각하면 한숨이 나왔습니다.

그는 언덕으로 이어진 길을 아쉬운 눈으로 쳐다보았습니다.
그런 뒤에 비를 막기 위해 외투 단추를 채우면서 다른 길로 천천
히 걸어가기 시작했습니다. 사실은 전혀 가고 싶지 않았습니다.
사람들로 붐비는 장에 혼자 서 있다가 몸집이 큰 낯선 농부가 와
서 자세히 쳐다보고, 찔러보다가 자신을 사 갈 생각을 하니 기분
이 정말 좋지 않았습니다.

"작은 밭이 하나 있어서 감자나 키웠으면 좋겠다."

피글링 블랜드가 중얼거렸습니다.

시린 손을 주머니에 찔러 넣자, 자신의 통행증이 만져졌습니다. 반대편 주머니에도 손을 넣자, 종이가 하나 만져졌습니다. 바로 알렉산더의 통행증이었어요! 피글링 블랜드는 꽥 소리를 질렀습니다. 그러고는 알렉산더와 경찰관을 따라잡으려고 뒤로 돌아서 정신없이 뛰기 시작했습니다.

하지만 피글링 블랜드는 그만 잘못된 길로 들어섰습니다. 몇 번이나 길을 잘못 들었고 결국 완전히 길을 잃고 말았습니다.

어두워졌고, 바람이 불었고, 나무들은 삐걱삐걱 신음소리를 냈습니다.

피글링 블랜드는 겁이 나서 소리쳤습니다.

"꿀, 꿀, 꿀! 집으로 가는 길을 못 찾겠어!"

한 시간 정도 헤맨 뒤에야 그는 숲을 빠져나올 수 있었습니다. 달이 구름 사이로 빛났고, 피글링 블랜드는 낯선 시골 풍경을 보았습니다.

151

황무지를 가로질러 길이 나 있었습니다. 그 아래에는 넓은 계곡이 펼쳐져 있었고, 달빛 아래 강이 반짝반짝 빛났습니다. 그리고 저 너머 안개 자욱한 곳에 언덕들이 보였습니다.

피글링 블랜드는 작은 오두막을 발견했고, 다가가서 살금살금 들어갔습니다.

"이런, 닭장이군. 하지만 뭐 어쩔 수 없지."

피글링 블랜드가 말했습니다. 온몸이 흠뻑 젖어서 춥고, 매우 피곤했습니다.

"베이컨과 달걀, 베이컨과 달걀!"

암탉이 꼬꼬댁거렸습니다.

"함정이야, 함정! 꼬꼬댁! 꼬꼬꼬!"

놀란 어린 수탉이 그를 야단쳤습니다.

"장에 가! 장에 가! 어서어서 가!"

횃대에 앉은 하얀 암탉이 옆에서 꼬꼬댁거렸습니다. 피글링 블랜드는 너무 무서워서 날이 밝으면 떠나기로 결심했습니다. 그러다 그만 암탉들과 잠들었습니다.

하지만 한 시간도 안 되어서 다들 잠에서 깨어났습니다. 주인인 파이퍼슨 아저씨가 닭 여섯 마리를 아침에 장에 내다 팔려고 등불과 바구니를 들고 왔기 때문입니다.

파이퍼슨 아저씨가 수탉 바로 옆 횃대에 앉아 있던 하얀 암탉을 손으로 잡았을 때, 한쪽 구석에 몸을 바짝 붙이고 있던 피글링 블랜드가 눈에 띄었습니다. 그는 "옳지! 여기 이런 놈도 있구나!"라고 큰 소리로 고함을 치더니, 피글링 블랜드의 목덜미를 붙잡아서 바구니에 집어넣었습니다. 그런 뒤에도 그는 피글링 블랜드의 머리 위로 꼬꼬댁 울고, 발로 차대는 더러운 암탉 다섯 마리를 집어넣었습니다.

아기 돼지 한 마리와 닭 여섯 마리가 들어 있는 바구니는 전혀 가볍지 않았습니다. 언덕 아래로 내려갈 때, 바구니는 심하게 흔들렸습니다. 피글링 블랜드는 만신창이가 될 정도로 긁혔지만 통행증과 박하사탕들을 옷 안에 가까스로 숨겼습니다.

마침내 바구니는 부엌 바닥에 쿵 내려졌습니다. 뚜껑이 열렸고 피글링 블랜드는 밖으로 꺼내졌습니다. 그는 눈을 깜빡거리면서 위를 올려다보았고, 엄청나게 못생긴 노인이 씨익 웃는 모습을 보았습니다.

"이놈은 제 발로 걸어왔네. 살다보니 별일이 다 있군."

파이퍼슨 아저씨가 피글링 블랜드의 주머니를 뒤지면서 말했습니다. 그는 바구니를 한쪽 구석에 치워놓았고, 암탉들을 조용히 시키려고 위를 커다란 자루로 덮었습니다. 그러고는 냄비를 불 위에 놓고 신발끈을 풀었습니다.

피글링 블랜드는 걸상을 끌어다가 끝에 걸터앉았고, 수줍게 손을 불에 쬐었습니다. 파이퍼슨 아저씨는 구두를 벗더니 부엌 안쪽 벽 아래쪽에 던졌습니다.

그러자 숨넘어갈 듯한 비명이 들렸고, 파이퍼슨 아저씨는 "조용히 못해!"라고 소리쳤습니다. 불을 쬐던 피글링 블랜드는 놀라서 그를 쳐다보았습니다.

파이퍼슨 아저씨는 나머지 신발도 벗어서 같은 곳에 던졌습니다. 한 번 더 이상한 비명소리가 들렸습니다.

"조용히 해, 알겠어?"

파이퍼슨 아저씨가 말했습니다. 피글링 블랜드는 걸상의 맨 가장자리에 앉아 있었습니다.

파이퍼슨 아저씨는 궤짝에서 음식을 꺼내왔고, 오트밀 죽을 만들었습니다. 부엌 안쪽에 있는 뭔가가 음식에 관심을 보이는

듯한 소리를 냈지만, 아저씨는 배가 너무 고파서 어떤 소리에도
아랑곳하지 않았습니다.

파이퍼슨 아저씨는 죽을 세 접시에 담았습니다. 자신이 먹을
것, 피글링 블랜드가 먹을 것, 그리고 나머지 한 접시를 들고 피
글링 블랜드를 노려보다가 상자에 쓱 집어넣고 잠가버렸습니다.
피글링 블랜드는 조용히 저녁을 먹었습니다.

저녁을 먹은 후에 파이퍼슨 아저씨는 달력을 보더니, 피글링
블랜드의 갈비뼈를 만져보았습니다. 베이컨으로 절이기에는 시
기가 너무 늦었습니다. 아저씨는 피글링 블랜드가 먹은 죽이 아
까웠습니다. 게다가 암탉들도 이 돼지를 봐버려서 어쩔 수 없었
습니다.

 그는 조금밖에 안 남은 돼지 옆구리 고기를 보았습니다. 그리고
피글링 블랜드를 어떻게 할지 망설이는 눈으로 쳐다보았습니다.
 "양탄자 위에서 자도 좋아."
 파이퍼슨 아저씨가 말했습니다.
 피글링 블랜드는 잠을 푹 잤습니다. 아침에 파이퍼슨 아저씨
는 죽을 더 만들었습니다. 날씨는 더욱 따뜻해졌습니다. 그는 상
자에 음식이 얼마나 많이 남았는지를 보더니 기분이 별로 안 좋
아보였습니다.

"다른 집으로 가고 싶겠지?"

파이퍼슨 아저씨는 피글링 블랜드에게 말했습니다.

피글링 블랜드가 미처 대답하기도 전에, 이웃에 사는 사람이 마차를 몰고 와 대문에서 휘파람을 불었습니다. 파이퍼슨 아저씨와 암탉들을 태우고 장에 가려는 것이었습니다. 파이퍼슨 아저씨는 바구니를 들고 급히 나가면서 피글링 블랜드에게 문을 닫고 아무것도 손대지 말라고 소리쳤습니다.

"안 그러면 있다가 돌아와서 네 껍질을 벗겨버릴 테다!"

파이퍼슨 아저씨가 말했습니다.

피글링 블랜드는 자기도 태워달라고 했다면 바로 장에 갈 수 있었을 거라는 생각이 문득 들었습니다.

하지만 파이퍼슨 아저씨에게 믿음이 가지 않았습니다.

피글링 블랜드는 아침을 다 먹고 시간이 남아서 오두막을 한 번 둘러보았습니다. 모든 것이 잠겨 있었습니다. 피글링은 부엌 뒤에서 양동이에 감자 껍질이 약간 담겨 있는 것을 발견하고는 감자 껍질을 먹고, 양동이에 들어 있던 죽 그릇을 씻었습니다. 일 하면서 그는 노래를 불렀습니다.

톰은 피리를 크게 불어서
소년소녀들을 모두 불러 모았다네…….
다들 달려가서 톰이
"언덕 너머 저 멀리!"를 부는 것을 들었다네…….

갑자기 숨죽인 목소리로 누군가 맞장구를 쳤습니다.

언덕 너머 멀고먼 저 길 위에선
내 머리털이 바람에 휘날리겠지!

피글링 블랜드는 닦고 있던 접시를 내려놓고, 귀를 기울였습니다.

한참 가만히 있다가 피글링 블랜드는 발끝으로 살금살금 걸어가서, 부엌 앞에 난 문 안쪽을 들여다보았습니다. 거기에는 아무도 없었습니다.

더 한참 있다가 잠긴 찬장 문에 다가가서, 열쇠구멍으로 킁킁 냄새를 맡았습니다. 매우 조용했습니다.

아주 오랫동안 가만히 있다가 문 밑으로 박하사탕을 밀어 넣었습니다. 그러자 박하사탕은 곧바로 사라졌습니다.

하루 사이에 피글링 블랜드는 나머지 박하사탕 여섯 개를 전부 밀어 넣었습니다.

집에 돌아온 파이퍼슨 아저씨는 피글링 블랜드가 난롯불 앞에 앉아 있는 것을 보았습니다. 그는 난로를 청소한 후 불을 지폈고, 냄비를 올렸습니다. 당장 먹을거리가 없었기 때문입니다.

파이퍼슨 아저씨는 무척 상냥하고 너그러웠습니다. 그는 피글링 블랜드의 등을 툭툭 두드렸고, 죽을 많이 만들었을 뿐 아니라 음식을 넣어두는 상자를 잠그는 것도 잊어버렸습니다. 찬장 문을 잠그기는 했지만 제대로 닫지 않아서 잠기지 않았습니다. 일찍 잠자리에 들면서, 그는 피글링 블랜드에게 무슨 일이 있어도 다음 날 12시 전에는 깨우지 말라고 했습니다.

피글링 블랜드는 불 옆에 앉아서 저녁을 먹었습니다.

문득 바로 옆에서 작은 목소리가 들렸습니다.

"내 이름은 피그위그예요. 죽을 더 만들어줘요!"

피글링 블랜드는 흠칫 놀라서 벌떡 일어나 주위를 돌아보았습니다.

정말 사랑스럽고 작은 버크셔 흑돼지가 웃으면서 옆에 서 있었습니다. 눈꼬리가 위로 올라간 반짝거리는 작은 두 눈에, 턱이 두 개였고, 짧은 코는 위로 올라가 있었습니다.

피그위그는 피글링 블랜드가 들고 있던 접시를 손가락으로 가
리켰습니다. 피글링 블랜드는 얼른 접시를 건네주고, 죽이 들어
있는 상자로 달려갔습니다.

"여긴 어떻게 왔어?"

피글링 블랜드가 물었습니다.

"아저씨가 저를 훔쳤죠."

피그위그는 입에 죽을 가득 넣은 채 대답했습니다.

"왜?"

"저를 햄과 베이컨으로 만들려고요."

피그위그는 밝은 목소리로 대답했습니다.

"그럼 도대체 왜 도망치지 않지?"

잔뜩 겁에 질린 피글링 블랜드가 소리쳤습니다.

"밥 먹고 도망칠 거예요."

피그위그가 단호한 목소리로 말했습니다.

피글링 블랜드는 죽을 더 만들었고, 수줍어서 피그위그를 흘끔흘끔 쳐다보았습니다.

피그위그는 두 접시를 비우더니, 출발하려는 것처럼 일어나서 주위를 둘러보았습니다.

"어두워서 밖에 나가면 안 돼."

피글링 블랜드가 말했습니다.

피그위그는 걱정스러운 얼굴이었습니다.

"대낮에는 길을 찾을 수 있겠어?"

"강 건너 언덕에서 이 작고 하얀 집이 보인다는 걸 알고 있어요. 당신은 어디로 갈 건가요?"

"장에 갈 생각이야. 통행증이 두 개 있어. 원한다면 다리까지 데려가 줄게."

피글링 블랜드는 걸상에 앉아서 무척 당황한 얼굴로 말했습니다. 피그위그가 고마워하는 태도로 질문을 많이 해서 피글링 블랜드는 당황스러웠습니다.

결국 피글링 블랜드는 눈을 감고 자는 척해야 했습니다. 피그위그는 조용해졌고, 잠시 후 박하사탕 냄새를 맡았습니다.

"다 먹은 줄 알았는데?"

갑자기 잠에서 깬 피글링 블랜드가 말했습니다.

"끝부분만 먹었죠."

피그위그는 불 옆에서 박하사탕을 찬찬히 뜯어보며 대답했습니다.

"먹지 않는 게 좋겠어. 파이퍼슨 아저씨가 천장 틈으로 올라온 냄새를 맡을 수 있으니까."

놀란 피글링이 말했습니다.

피그위그는 끈적이는 박하사탕을 다시 자기 주머니 안에 넣었습니다.

"노래 하나만 불러주세요."

피그위그가 졸랐습니다.

"미안해……. 난 이가 아파서." 피글링 블랜드는 깜짝 놀라서 말했습니다.

"그럼, 제가 부를게요."

피그위그가 대답했습니다.

"그냥 '나나나'라고 해도 괜찮죠? 가사를 잊어버린 부분이 있어서요."

피글링 브랜드는 반대하지 않았습니다. 앉은 채로 두 눈을 반쯤 감고 앉아서 피그위그를 쳐다보았습니다.

피그위그는 머리를 이리저리 흔들고 박자를 맞추면서, 부드럽고 작게 꿀꿀거리며 노래를 불렀습니다.

> 돼지우리에는 늙은 엄마 돼지 한 마리가 살았죠
> 그리고 우스꽝스러운 아기 돼지 세 마리가 있었죠
> (나나나나) 음, 음, 음!
> 아기 돼지들이 말했죠. 꿀, 꿀!

피그위그는 서너 구절을 제대로 불렀습니다. 하지만 한 구절씩 부를 때마다 머리가 조금씩 아래로 기울었고, 그녀의 반짝이는 작은 눈은 감겼습니다.

> 아기 돼지 세 마리는 점점
> 병이 들어서, 말라갔어요
> 말라가는 게 당연했지요.
> 왠지 몰라도
> 음, 음, 음! 할 수 없었죠
> 꿀, 꿀, 꿀! 할 수 없었죠
> 왠지 몰라도 말할 수 없었죠

　피그위그는 점점 머리가 아래로 내려가더니 결국 작은 둥근 공처럼 양탄자 위로 굴러 내려와서 깊이 잠들었습니다.

　피글링 블랜드는 발끝으로 살살 걸어가서 피그위그를 의자 덮개로 덮어주었습니다.

　피글링 블랜드는 자기도 잠들까 봐 걱정되었습니다. 그래서 귀뚜라미 울음소리와 파이퍼슨 아저씨가 코 고는 소리를 들으면서 앉아서 하얗게 밤을 지새웠습니다.

아침 일찍, 아직 어둠이 걷히지 않았을 때 피글링 블랜드는 작은 보따리를 싼 뒤에 피그위그를 깨웠습니다. 피그위그는 약간 흥분하면서도 놀랐습니다.

"하지만 아직 어두워요! 길을 어떻게 찾죠?"

"수탉이 울었어. 암탉이 나오기 전에 출발해야 돼. 암탉들이 파이퍼슨 아저씨에게 소리칠지도 모르니까."

피그위그는 다시 주저앉아 울기 시작했습니다.

"피그위그! 이리 와. 어둠에 익숙해지면 길이 보일 거야. 가자! 닭들이 꼬꼬댁거리는 소리가 들려!"

피글링 블랜드는 암탉에게 한 번도 조용하라는 뜻으로 "쉿!"이라고 말한 적이 없었습니다. 바구니에 같이 있던 닭들이 떠올랐습니다.

그는 현관문을 조용히 열고, 밖으로 나간 뒤에 닫았습니다. 밭은 없었습니다. 파이퍼슨 아저씨네 집 주위의 땅은 전부 가축들이 파헤쳐놨습니다. 피글링 블랜드와 피그위그는 손을 꼭 잡고 거친 들판을 가로질러 도로로 몰래 도망쳤습니다.

　황량한 들판을 지나가는 사이에 해가 떴고, 눈부신 햇살이 언덕 꼭대기를 비췄습니다. 햇살은 점점 언덕 아래로 내려와서, 평화로운 초록 계곡까지 비췄습니다. 거기에는 작고 하얀 오두막들이 정원과 과수원 사이에 옹기종기 모여 있었습니다.

　"저기가 웨스트모얼랜드예요."

　피그위그가 말했습니다. 그러더니 잡고 있던 피글링 블랜드의 손을 놓고는 노래를 부르면서 춤추기 시작했습니다.

백파이프 연주자의 아들 톰이
돼지를 훔쳐 달아났다네!
하지만 연주할 수 있는 곡은
'언덕 너머 저 멀리!' 뿐이었다네!

"이리 와, 피그위그! 마을 사람들이 우릴 발견하기 전에 다리에 도착해야 해."

"피글링 씨! 장에는 왜 가고 싶으세요?"

피그위그가 대뜸 물었습니다.

"장에 가고 싶은게 아냐. 난 감자를 키우고 싶어."

"박하사탕 먹을래요?"

피그위그가 말했습니다. 피글링 블랜드는 매우 뿌루퉁하게 거절했습니다.

"이빨이 아파요?"

피그위그가 물었습니다. 피글링 블랜드는 기분이 나빠서 꿀꿀거렸습니다.

피그위그는 혼자 박하사탕을 먹으며 길 반대편에서 피글링 블랜드를 따라갔습니다.

"피그위그! 담벼락 밑에 숨어 있어. 저기 한 남자가 밭을 갈고 있으니까."

피그위그는 길을 건넜고, 둘은 언덕을 급히 내려와 그 지역의 경계로 향했습니다.

　문득 피글링 블랜드가 걸음을 멈추었습니다. 마차 소리가 들렸기 때문입니다.

　저 밑으로 한 상인이 수레를 타고 천천히 올라오고 있었습니다. 고삐로 말 등을 철썩철썩 때리면서, 식료품 상인은 신문을 읽고 있었습니다.

"입에서 박하사탕을 꺼내. 피그위그. 우리는 뛰어야 할지도 몰라. 한마디도 하지 말고, 내게 맡겨 줘. 다리가 보이는 곳까지 말이야!"

가엾은 피글링 블랜드는 거의 울먹이면서 말했습니다.

그는 피그위그의 팔을 잡은 채로 겁에 질려서 절뚝절뚝 걷기 시작했습니다.

말이 겁을 먹고 힝힝거리지 않았다면, 식료품 상인은 신문을 읽느라 정신이 없어서 그들을 그냥 지나칠 뻔했습니다. 그는 수레를 길옆에 대고 채찍을 내려놓았습니다.

"어이! 어디를 그렇게 가나?"

피글링 블랜드는 멍한 눈으로 그를 쳐다보았습니다.

"귀를 먹었어? 장에 가는 길이냐?"

피글링 블랜드는 천천히 고개를 끄덕였습니다.

"그럴 거라고 생각했지. 장날은 어제였어. 통행증을 보여줄
래?"

피글링 블랜드는 상인의 말 뒷발에 돌이 박힌 것을 뚫어지게
쳐다보았습니다.

식료품 상인은 채찍을 가볍게 내리쳤습니다.

"통행증 없어? 돼지 신분증 말이야."

피글링 블랜드는 주머니를 전부 뒤적이더니, 통행증을 꺼내서 건네주었습니다. 그는 통행증을 읽었지만, 여전히 미심쩍은 얼굴이었습니다.

"이 아기 돼지는 암컷인데, 이름이 알렉산더라고?"

놀란 나머지 피그위그는 입이 벌어졌지만, 바로 다물었습니다. 피글링 블랜드는 천식을 앓는 것처럼 심하게 기침을 해댔습니다.

상인은 신문에 난 광고란을 손가락으로 짚어 내려갔습니다.

"잃어버리거나, 도둑맞거나, 길을 잃은 동물들을 찾아주면 10실링을 보상함."

그는 피그위그를 의심스러운 눈으로 쳐다보았습니다.

그러고는 일어나서 쟁기질하는 사람을 향해 휘파람을 불었습니다.

"내가 저기 가서 물어보고 올 동안에 여기서 기다려라."

상인은 고삐를 다시 그러쥐면서 말했습니다.

그는 돼지들이 약삭빠르다는 사실을 알고 있었지만, 저렇게 다리를 심하게 저는 돼지는 절대로 뛰지 못할 거라고 생각했던 것입니다!

"피그위그, 아직 아니야. 상인이 뒤돌아볼 거야."

정말 그랬습니다. 그는 돼지 두 마리가 길 한가운데 꼼짝 않고 서 있는 것을 보았습니다. 그때 말 뒤꿈치를 보고 말도 발을 저는 것을 알아차렸습니다. 그가 농부에게 도착한 뒤에 돌을 빼내는 데는 시간이 좀 걸렸습니다.

"피그위그! 바로 지금이야!"

피글링 블랜드가 말했습니다.

세상의 그 어떤 돼지도 피글링 블랜드와 피그위그처럼 내달린 적은 없었을 것입니다. 그들은 다리를 향해 난 기다란 하얀 언덕 길을 소리를 지르면서 헐레벌떡 죽을 힘을 다해 뛰어 내려갔습니다. 작고 통통한 피그위그가 뛰어오를 때마다 속치마가 바람에 나부꼈고, 발에서는 후다닥 소리가 났습니다.

　둘은 달리고, 달리고, 또 달려서 언덕을 내려왔습니다. 수풀과 자갈밭 사이로 잔디가 평평하게 난 지름길을 지나갔습니다.

　둘은 강에 도착했고, 손을 잡고 다리를 건넜습니다. 그리고 언덕 너머 저 멀리서 피그위그는 피글링 블랜드와 함께 춤을 추었답니다!

16. 새뮤얼 위스커스 이야기

옛날에 타비사 트위칫 아줌마라고 불리는 엄마 고양이가 살고 있었어요. 타비사 아줌마는 항상 걱정이 많았어요. 아기 고양이들을 계속 잃어버렸고, 그럴 때마다 아기 고양이들은 항상 말썽을 피웠기 때문이었지요.

빵을 굽는 날, 타비사 아줌마는 아기 고양이들을 찬장 안에 가두어놓기로 결심했습니다. 모펫과 미튼스는 붙잡았지만, 톰은 찾지 못했어요.

　타비사 아줌마는 톰을 부르면서 온 집안을 찾아다녔습니다. 계단 밑에 있는 식료품 저장실을 들여다보았고, 가구들이 모두 먼지막이로 덮인 가장 좋은 손님용 침실도 살펴보았습니다. 타비사 아줌마는 곧장 계단으로 올라가서 다락방도 살펴보았지만, 어디서도 톰을 찾을 수 없었습니다.

타비사 아줌마가 사는 집은 아주, 아주 오래된 집이었고 찬장들과 복도들이 수없이 많았어요. 두께가 1미터가 넘는 벽들도 있었지만, 자주 이상한 소리가 들려왔지요. 마치 작은 비밀계단이 있기라도 한 것처럼 말이에요. 확실히 벽 아래쪽에 댄 나무판에는 삐죽삐죽한 모양의 이상한 작은 문들이 있었고, 밤에 물건들이 사라졌습니다. 특히 치즈와 베이컨이 말이죠.

타비사 아줌마는 점점 더 불안해져서 야옹거리며 울기 시작했습니다.

엄마가 온 집을 뒤지는 사이에 모펫과 미튼스는 장난을 치기 시작했습니다.

벽장 문이 잠겨 있지 않아서 아기 고양이들은 문을 밀어서 열고 밖으로 나왔어요.

아기 고양이들은 불에 굽기 전에 부풀리기 위해서 냄비에 담아둔 밀가루 반죽으로 곧장 다가갔습니다.

그리고 부드러운 작은 발로 반죽을 톡톡 건드렸어요.

"우리 작은 머핀을 만들어볼까?"

미튼스가 모펫에게 말했습니다.

하지만 바로 그때 누군가 현관문을 두드리는 소리가 들렸고, 모펫은 겁에 질린 바람에 밀가루 통 안으로 뛰어 들어가 버렸습니다.

미튼스는 버터 만드는 곳으로 도망가서, 우유 그릇들과 함께 돌선반 위에 놓여 있던 빈 단지 속에 숨었습니다.

손님은 이웃에 사는, 타비사 아줌마의 사촌 리비 아줌마였어요. 리비 아줌마는 이스트를 빌리려고 왔지요.

타비사 아줌마는 엉엉 울면서 계단 아래로 내려왔습니다.

"어서 와, 리비. 들어와서 앉아. 나 정말 어떡하지?"

타비사 아줌마는 눈물을 흘리면서 말했습니다.

"아들 토머스를 잃어버렸어. 쥐들이 데려간 것 같아서 걱정이야."

그러고는 앞치마로 눈물을 닦았습니다.

"세상에, 타비사! 걔는 만날 속 썩이네. 지난번에 차 마시러 왔을 때에는 내가 제일 아끼는 모자로 실뜨기 놀이를 하더니 말이야. 그래 어디를 찾아봤어?"

"집을 다 뒤졌지! 내가 감당하기에는 쥐들이 너무 많아. 그 말 썽꾸러기 때문에 힘들어 죽겠어!"

타비사 아줌마가 말했습니다.

"난 쥐는 별로 무섭지 않아. 아들 찾는 거 도와줄게. 회초리로 때리는 것도 함께 말이지! 그런데 난로망에 웬 검댕이 이렇게 많아?"

"굴뚝 청소를 해야 돼. 아, 세상에, 리비! 이젠 모펫하고 미튼스도 없어졌어!"

"둘 다 찬장에서 빠져나왔잖아!"

리비 아줌마와 타비사 아줌마는 한 번 더 집을 샅샅이 뒤지기 시작했습니다. 리비의 우산으로 침대 밑을 찔러보기도 하고, 찬장 구석을 뒤지기도 했어요. 심지어 촛불을 가져와서 다락방에 있는 옷장을 들여다보기도 했지요. 아무것도 찾지 못했지만, 문이 쾅 닫히는 소리와 함께 아래층에서 누군가 허둥지둥 뛰어가는 소리가 들렸습니다.

타비사 아줌마가 울면서 말했습니다.

"집에 온통 쥐들이 들끓어. 부엌 뒤에 있는 쥐구멍에서 새끼 쥐를 일곱 마리나 잡았지. 지난주 토요일에 저녁으로 먹었어. 그리고 늙은 아버지 쥐를 보았어. 리비! 엄청나게 큰 늙은 쥐였어. 내가 잡으려고 달려들려고 하자 노란 이빨을 드러내더니, 쥐구멍 속으로 사라졌어. 쥐들 때문에 너무 신경 쓰여. 리비."

리비 아줌마와 타비사 아줌마는 찾고 또 찾았습니다. 둘 다 다락방 마루 밑에서 이상하게도 롤리폴리 푸딩을 만드는 소리가 들렸지만 아무것도 보지 못했습니다.

그들은 다시 부엌으로 돌아왔습니다.

"여기 사촌의 아기 고양이가 한 마리 있네."

리비 아줌마가 밀가루 통에서 모펫을 끌어내면서 말했습니다.

그들은 모펫 몸에 묻은 밀가루를 털고, 부엌 바닥에 바로 앉혔습니다. 모펫은 잔뜩 겁에 질린 것 같았어요.

모펫이 말했습니다.

"아! 엄마, 엄마! 부엌에 할머니 쥐가 한 마리 있었는데, 밀가루를 훔쳐갔어요!"

리비 아줌마와 타비사 아줌마는 반죽이 들어 있는 냄비를 보기 위해 달려갔습니다.

작은 손가락으로 긁은 자국이 확실히 남아 있었고, 밀가루 반죽 한 덩어리도 없어졌어요!

"모펫, 쥐가 어디로 갔지?"

하지만 모펫은 너무 무서워서 차마 밀가루 통 밖을 내다보지
못해서 알 수 없었습니다.

리비 아줌마와 타비사 아줌마는 아기 고양이를 계속 찾으면서
도 모펫을 지켜볼 수 있도록 함께 데리고 다녔습니다.

그들은 버터 만드는 곳에 들어갔어요.

거기에서 맨 처음 발견한 것은 항아리에 숨어 있던 미튼스였습니다. 항아리를 기울여 주자, 미튼스가 기어 나왔어요.

미튼스가 말했습니다.

"아, 엄마, 엄마! 버터 만드는 곳에 늙은 쥐가 한 마리 있었어요. 엄마! 정말 무시무시하게 커다란 쥐였는데, 버터 한 덩어리와 밀방망이를 훔쳐갔어요."

리비 아줌마와 타비사 아줌마는 서로를 쳐다보았습니다.

"버터와 밀방망이라고! 아, 불쌍한 우리 토머스!"

타비사 아줌마는 두 손을 쥐어짜면서 소리쳤습니다.

리비 아줌마가 말했습니다.

"밀방망이라고? 우리가 옷장을 살펴볼 때, 다락방에서 푸딩 만
드는 소리가 나지 않았어?"

리비 아줌마와 타비사 아줌마는 다시 위층으로 뛰어올라갔습
니다. 여전히 다락방 마루 밑에서 푸딩 만드는 소리가 뚜렷하게
들려오고 있었어요.

리비 아줌마가 말했습니다.

"사촌, 일이 심각한걸. 곧바로 존 조이너를 불러야 할 것 같아. 톱도 가져오라고 하고."

지금부터 하는 이야기는 아기 고양이 톰에게 일어난 일입니다. 아주 오래된 집에 있는 굴뚝을 올라가는 것이 얼마나 어리석은 일인지를 보여주지요. 굴뚝 안에서 길을 잃는 데다 엄청나게 큰 쥐들도 있기 때문이에요.

톰은 찬장 안에 갇혀 있기 싫었습니다. 엄마가 빵을 구우러 갔을 때 톰은 숨기로 결심했어요.

톰은 편안하게 있을 곳을 찾다가 굴뚝에 숨기로 마음을 먹었습니다.

불을 지핀 지 얼마 안 되어서 난로는 아직 뜨겁지 않았습니다. 하지만 불이 붙은 초록 가지에서는 숨이 턱턱 막히는 하얀 연기가 피어 올랐습니다. 톰은 난로망 위로 올라가서, 위를 올려다보았습니다. 옛날식의 커다란 아궁이였어요.

굴뚝 안은 널찍해서, 사람이 걸어 다닐 수 있을 정도였지요. 그래서 아기 고양이 톰이 움직이기에는 충분히 넓었습니다.

　톰은 아궁이로 바로 뛰어들어서, 주전자가 걸린 쇠막대기 위에서 균형을 잡았습니다.

　톰은 쇠막대기에서 한 번 더 훌쩍 뛰었고, 굴뚝 안쪽에 튀어나온 선반에 발을 디디면서 난로망에 검댕을 떨어뜨렸어요.

　톰은 연기 때문에 콜록콜록 기침했고, 저 밑에 있는 아궁이에서 나뭇가지가 탁탁 소리를 내면서 타는 소리를 들었습니다. 그는 곧장 굴뚝 위로 올라간 후에 비스듬히 세워놓은 석판 밖으로 나와서 참새를 잡기로 마음먹었습니다.

　"난 돌아갈 수 없어. 혹시 미끄

러지면 불 속으로 떨어져서 내 아름다운 꼬리와 작고 푸른 재킷이 그을릴 테니까."

굴뚝은 무척 크고, 옛날식으로 지어졌습니다. 사람들이 아궁이에서 통나무를 지피던 시절에 지어진 것이었지요.

굴뚝은 지붕 위로 작은 돌탑처럼 솟아 있었고, 맨 꼭대기에 비를 막기 위해 비스듬히 세워놓은 석판 아래로 오후 햇살이 비쳐 들었습니다.

톰은 점점 더 겁이 났어요! 하지만 용기를 내서 위로, 위로, 위로 올라갔습니다.

그런 뒤에 톰은 검댕을 헤치면서 옆으로 지나갔습니다. 자신이 마치 작은 굴뚝 청소부가 된 것 같았어요.

어둠 속에서 톰은 헤메기 시작했습니다. 통로를 지나가면, 또 다른 통로가 나왔어요. 연기는 줄어들었지만 길을 잃은 것 같았습니다. 간신히 위로, 위로 올라갔지만 굴뚝 꼭대기까지 가기도 전에 누군가 벽돌을 빼놓은 곳에 이르렀습니다. 양고기 뼈들이 주위에 뒹굴고 있었어요.

톰이 말했습니다.

"이상한데. 누가 굴뚝 이 높은 곳에서 뼈를 갉아먹었을까? 여기 오지 말걸! 게다가 이 이상한 냄새는 뭐지? 쥐 냄새 같은데, 정말 지독해. 재채기가 나올 것 같아."

톰은 벽에 난 구멍으로 몸을 비집고 들어갔습니다. 빛이 거의 들지 않는데다가 몸이 꼭 낄 정도로 좁고, 불편한 통로를 발을 질질 끌며 지나갔습니다.

톰은 더듬거리면서 몇 미터를 조심스럽게 나아갔습니다. 지금 다락방 벽 아래 댄 널빤지 뒤에 있는데, 아래 그림에서 * 표시가 된 곳이에요.

그러다가 어둠 속에서 톰은 순식간에 구멍 아래로 곤두박질쳤고, 무척 더러운 누더기들이 쌓인 곳 위에 떨어졌습니다.

몸을 일으켜 주위를 둘러본 톰은 평생 그 집에서 살면서도 생전 처음 보는 낯선 곳에 와 있는 것을 알아차렸습니다.

공기가 답답하고 퀴퀴한 냄새가 나는 무척 작은 방이었고, 판자, 서까래, 거미줄, 나뭇가지, 석고반죽이 여기저기에 굴러다녔습니다.

주저앉은 톰의 맞은편 저 먼 곳에 거대한 쥐가 한 마리 앉아 있었어요.

"온몸에 검댕을 묻히고 내 침대 위에 굴러들어오다니 도대체 어쩔 셈이지?"

이를 딱딱 맞부딪치면서 쥐가 말했습니다.

"음, 아저씨. 굴뚝을 청소해야 할 것 같아요."

가엾은 톰이 말했어요.

"애나 마리아! 애나 마리아!"

쥐가 소리를 질렀어요. 그러자 타닥타닥 발소리가 나더니, 늙은 아내 쥐가 서까래 위로 불쑥 머리를 내밀었습니다.

순식간에 아내 쥐는 톰에게 달려들었고, 톰이 미처 무슨 일이 벌어지는지 알기도 전에 톰의 코트를 벗기고 실로 꽁꽁 묶은 뒤에 단단히 매듭을 지었습니다.

늙은 쥐는 아내 쥐를 보면서, 코담배를 피웠습니다. 아내가 일을 끝내자 그들은 둘 다 앉아서 입을 헤 벌린 채로 톰을 노려보았습니다.

늙은 쥐가 말했습니다. (이름은 새뮤얼 위스커스였어요.)

"애나 마리아! 오늘 저녁으로 속에 아기 고양이가 들어간 롤리 폴리 푸딩이 먹고 싶어."

"그럼 밀가루 반죽, 버터 한 덩어리와 밀방망이가 필요해요."

톰을 어떻게 요리할지 궁리하면서 애나 마리아가 말했습니다.

새뮤얼 위스커스가 말했어요.

"안 돼. 애나 마리아! 빵가루를 묻혀서 제대로 만들자고."

"말도 안 돼요! 버터와 밀가루 반죽으로 만든다고요."

애나 마리아가 대답했지요.

쥐 두 마리는 잠시 함께 의논하더니, 멀리 사라졌습니다.

새뮤얼 위스커스는 벽 밑에 난 구멍 속으로 들어갔고, 버터를 만드는 곳에 가서 버터를 가져오기 위해 대담하게 현관 계단으로 내려 갔어요. 아무도 마주치지 않았죠.

그리고 밀방망이를 가져오기 위해 두 번째 원정을 나섰어요. 그는 술통을 굴리는 양조장 일꾼처럼 앞발로 밀방망이를 밀었습니다.

그러면서 리비 아줌마와 타비사 아줌마가 나누는 대화를 들을 수 있었습니다.

하지만 두 고양이는 옷장 안을 들여다보려고 초에 불을 붙이느라 바빠서 새뮤얼을 보지 못했지요.

애나 마리아는 밀가루 반죽을 훔치기 위해 벽 아래를 지나 창문 덧문을 따라 내려가서 부엌으로 갔습니다.

애나 마리아는 작은 접시를 옆에 놓고, 앞발로 밀가루를 약간 떴지만 모펫을 보지 못했습니다.

한편 다락방에 혼자 남은 톰은 꿈틀거리며 도움을 청하려고 야옹야옹 애를 썼어요.

하지만 입은 검댕과 거미줄로 가득 차 있었고 몸은 밧줄로 꽁꽁 묶여 있어서 아무도 톰이 부르는 소리를 듣지 못했습니다.

거미 한 마리가 천장 틈에서 나와서, 안전하게 멀리 떨어져 매듭을 자세히 살펴본 게 전부였지요.

거미는 매듭에 있어서는 전문가였어요. 불운한 청색 파리들을 묶는 습관을 지니고 있었기 때문이지요. 물론 이것은 톰에게 아무런 도움이 되지 않았어요.

톰은 뒹굴면서 꿈틀대다가 완전히 지치고 말았습니다.

곧 쥐들이 돌아왔고, 톰으로 푸딩을 만들기 시작했습니다. 먼저 쥐들은 톰에게 버터를 바른 뒤에 밀가루 반죽으로 둘둘 말았습니다.

"애나 마리아, 실은 소화가 잘 안 되잖아?"

새뮤얼 위스커스가 물었어요.

별문제 없다고 애나 마리아가 말했습니다. 다만 애나는 톰이 머리를 움직이지 않았으면 했어요. 톰이 머리를 흔들어서 반죽을 망가뜨렸기 때문이죠. 애나는 톰의 귀를 붙잡았습니다.

톰은 이빨로 물고, 침을 뱉고, 야옹야옹 울면서 온몸을 꿈틀거렸습니다. 밀방망이는 앞뒤로, 앞으로, 앞으로, 뒤로, 뒤로 움직이기 시작했습니다. 새뮤얼과 애나는 밀방망이를 한쪽씩 잡았습니다.

"꼬리가 삐져나왔잖아! 애나 마리아, 가져온 밀가루 반죽이 부족해."

"그래도 가져올 수 있는 만큼 최대한 가져왔어요."

애나 마리아가 대답했습니다.

잠시 멈춘 다음 톰을 한 번 보더니 새뮤얼 위스커스가 말했습니다.

"아니, 이건 아니야. 맛있는 푸딩이 될 것 같지 않아. 그을음 냄새가 나잖아."

애나 마리아가 뭐라 대꾸하려고 할 때, 별안간 저 위에서 다른 소리들이 들리기 시작했습니다. 쓱싹쓱싹 톱질소리와 함께 강아지가 벽을 긁고, 컹컹 짖는 소리가 들려왔어요!

쥐들은 밀방망이를 떨어뜨리고, 귀를 기울였습니다.

"애나 마리아! 들켜버렸어. 우리 짐, 아니 다른 사람들 짐도 싸서 바로 떠나야 해."

"푸딩을 여기 두는 게 마음에 걸려요."

"하지만 당신이 뭐라고 해도 저 실은 소화가 안 될 것 같아."

"이리 와서 침대보에 있는 양고기 뼈 챙기는 것 좀 도와줘요. 굴뚝에 훈제 햄을 숨겨놓았어요."

애나 마리아가 말했습니다.

　결국 존 조이너가 널빤지를 들어냈을 때, 마루 밑에는 밀방망이와 정말 더러운 밀가루 반죽에 싸인 톰밖에 없었습니다.

　하지만 그곳에서는 지독한 쥐 냄새가 났어요. 그래서 존 조이너는 아침 내내 킁킁 냄새를 맡고, 낑낑 우는 소리를 하며 꼬리를 흔들고, 머리를 구멍 속에 넣은 채로 송곳처럼 주위를 뱅뱅 돌았답니다.

그런 다음에 존 조이너는 널빤지에 다시 못을 박고, 도구를 가방에 챙겨 넣어서 아래층으로 내려왔습니다.

고양이 가족들은 크게 마음을 놓았고, 존 조이너에게 저녁을 먹고 가라고 초대했습니다.

톰을 말았던 밀가루 반죽은 벗겨내서 푸딩으로 만들었는데, 검댕을 숨기기 위해 건포도를 넣었어요.

그리고 고양이들은 버터를 벗겨내기 위해 톰을 뜨거운 목욕통 안에 집어넣어야 했지요.

존 조이너는 푸딩 냄새를 맡았지만, 저녁 먹을 시간이 없어서 아쉬워했습니다. 왜냐하면 그는 미스 포터를 위해서 외바퀴 손수레를 만드는 것을 방금 전에 끝냈는데 그녀가 또 곧바로 새장을 두 개 주문했기 때문이었죠.

오후 늦게 우체국에 갈 때, 나는 골목길 안쪽에서 새뮤얼 위스커스와 그의 아내가 내 것과 똑같이 생긴 조그만 외바퀴 손수레에 큰 짐을 싣고 도망치는 것을 보았습니다.

그들은 막 포테이토즈 농부 아저씨의 헛간 대문으로 들어가고 있었어요.

새뮤얼 위스커스는 숨이 차서 헐떡거렸습니다. 애나 마리아는 여전히 높은 목소리로 다그쳤고요.

애나 마리아는 갈 길을 잘 알았고, 짐이 상당히 많은 것 같았습니다. 그런데 나는 절대로 외바퀴 손수레를 애나 마리아에게 빌려준 적이 없어요!

그들은 헛간 안에 들어갔고, 끈을 이용해서 자신의 짐을 건초
더미 위로 끌어 올렸어요.

그 후로 오랫동안 타비사 아줌마의 집에서 쥐들은 더 이상 찾
아볼 수 없었지요.

　한편 포테이토즈 농부 아저씨는 거의 미칠 지경이었습니다. 헛간이 온통 쥐, 쥐들로 넘쳐났어요! 그들은 닭 모이를 다 먹어 버렸고, 겨와 귀리를 훔쳤고, 곡식 자루에 구멍을 냈어요.

　그들은 전부 새뮤얼 위스커스 부부의 자녀들, 손자들, 증손자들이었어요.

　끝이 없었습니다!

모펫과 미튼스는 매우 뛰어난 쥐 사냥꾼으로 자라났습니다.

그들은 쥐를 잡으러 마을에 나갔고, 일거리가 무척 많았어요.

돈을 많이 벌어서 무척 안락하게 지냈습니다.

그들은 헛간 문에 자기들이 얼마나 쥐를 많이 잡았는지를 보여주기 위해 쥐꼬리를 한 줄로 매달았는데 쥐꼬리 수십 개가 매달려 있었습니다.

하지만 톰은 항상 쥐를 무서워했고, 절대 얼굴도 마주치려고
하지 않았습니다.

생쥐보다 큰 것은 뭐든지요.

100년간 전 세계 사람들의 관심을 받은
세상에서 가장 사랑스러운 토끼 이야기

약 100년 전, 영국 작가 베아트릭스 포터(Beatrix Potter)가 쓴 '피터 래빗 시리즈'는 20세기 최고의 아동문학으로 손꼽힌다. 전 세계 24개 언어로 번역 출간되었고, 1억 부 이상이 팔린 이 그림 동화는 23권의 시리즈로 엮어져 있다. 작은 시골 농장, 숲속 등을 배경으로 주인공 피터 래빗과 동물 친구들이 엮어가는 하루하루의 소박하고도 재미있는 이야기가 펼쳐지며 우리나라에도 전편이 완역 소개되었다. 보기만 해도 힐링이 되는 베아트릭스 포터의 그림들 또한 여러 가지 방법으로 활용되며 시리즈의 인기를 이끄는 중요한 역할을 하고 있다.

세상에서 가장 사랑스러운 토끼를 탄생시킨 베아트릭스 포터는 1866년 7월 영국 런던의 법률가 집안에서 태어났다. 부모는 그녀를 'B'라는 애칭으로 부르곤 했으며, 랭커스터 면화 목장과 방적 공장을 경영하던 부모 덕에 부유한 삶을 살았다. 기록에 따르면 어린 베아트릭스에게는 여러 명의 가정교사가 있었고 밤에 잠잘 시간이나 특별한 경우에만 부모를 볼 수 있었다고 한다.

야생동물이 사는 들판에 둘러싸인 집에서 살았던 베아트릭스는 꽃과 동물, 자연에 관심이 많아서 어린 동생이자 친구인 버트람과 함께 토끼와 박쥐, 쥐와 고슴도치를 키웠고 자연을 그리며 놀았다. 버트람이 기숙학교로 떠나자 많은 시간을 홀로 방에서 보내야 했는데, 동생이 누나를 생각해서 방에 가져다놓은 작은 동물 인형들만이 그녀의 곁을 지켰다.

어린 베아트릭스는 동물 인형들을 다각도에서 세심하게 그렸다. 9세에 벌써 옷을 입은 동물들의 그림을 그리기 시작해 빅토리아 시대의 옷을 근사하게 차려 입고 스케이트를 타는 토끼를 그리기도 했다. 그녀는 애완동물의 독특한 특징을 발견해 일기에 암호로 적어놓았는데, 어머니의 눈을 피하기 위해 너무 작게 적어서 돋보기를 써야 볼 수 있었고 그녀가 사망한 후 15년이 지나서야 암호를 풀었다고 한다.

한때 벤저민 바운서와 피터 파이퍼라는 이름의 토끼 두 마리를 길렀는데, 둘의 장난스런 행동들은 《벤저민 버니 이야기》와 《피터 래빗 이야기》의 모티프가 되었다. 색채 감각도 남달랐던 베아트릭스는 책을 쓰기 전에는 늘 그림을 그렸다. 오늘날 빅토리아앨버트미술관으로 이름이 바뀐 사우스켄싱턴박물관에 자주

가서 그림을 그리곤 했다는 이야기가 전해진다.

베아트릭스는 자신의 취미이자 특기인 '자연 관찰'에 몰두하다가 진균류에 대한 관심이 커져 학회에 논문까지 제출했다. 하지만 여자라는 이유로 학회 모임에서 직접 발표를 거부당했고, 결국 동화 작가가 되기로 마음을 먹었다. 베아트릭스가 작가이자 삽화가로 본격적으로 활동을 시작한 것은 27세 때 가정교사의 어린 아들 노엘 무어에게 편지를 보내면서부터였다.

편지에는 흑백 그림이 그려져 있었다. 그 4장의 편지에 담긴 이야기가 토대가 되어 오늘날의 '피터 래빗 시리즈'가 만들어진 것이다. 편지에 담긴 이야기는 세계 무대에 장난꾸러기 토끼의 등장을 예고했다.

베아트릭스는 글을 다듬어 출판사들에 보냈지만 거절당한 뒤 1901년에 개인 자금으로 《피터 래빗 이야기》를 출판했다. 250부의 초판은 아주 잘 팔렸는데, 셜록 홈즈의 작가 코난 도일도 자녀들에게 그 책을 사줄 정도였다고 한다. 1년 뒤, 그녀의 책은 프레더릭 원 출판사에서 컬러판으로 정식 출간되었다.

당시에 나온 베아트릭스 포터의 책들은 어린이를 위한 동화책의 완벽한 본보기로, 다음에 무슨 일이 일어날지 보기 위해 아이들이 기대에 차서 페이지를 넘기도록 구성되어 있었다. 또한 글과 그림도 자연스럽고 보기 좋게 균형이 맞춰져 있어서 아이들에게 선풍적인 인기를 끌 수밖에 없었다.

베아트릭스 포터는 여기에서 멈추지 않았다. 당시 상점에서 시리얼 제품 등의 마스코트 인형들을 판매하는 것을 보고, 직접 피터 래빗 인형을 만들어 판매하면서 저작권 등록을 했다. 지금까지도 피터 래빗은 선풍적인 인기를 바탕으로 인형은 물론 많은 생활용품의 디자인 요소로 활용되고 있다.

한편 여러 해 동안 함께 일한 프레더릭 원 출판사의 가장 나이어린 편집자 노먼 원이 청혼을 한다. 하지만 약혼하고 몇 달 후, 노먼은 안타깝게도 백혈병으로 사망하고 베아트릭스는 슬픔을 극복하기 위해 레이크 지방에 있는 조용한 니어 소리 마을의 힐탑 농장에서 살기 시작했다. 소박한 시골 생활의 아름다움에 영감을 받은 그녀는 힐탑을 배경으로 많은 동화를 쓰면서 점차 환경 보호 활동에 관심을 가지게 된다.

동화책과 상품의 로열티에 부친의 막대한 유산까지 물려받은 베아트릭스는 땅을 구하는 데 많은 돈을 썼다. 무차별적인 개발을 자연에 대한 폭력으로 받아들이고, 자신이 가진 돈으로 자연을 보존하기 위해 최대한도로 땅을 사들인 것이다. 그 덕분에 오늘날의 레이크 지방은 도시와 집, 마을조차 없는 아름다운 풍광을 자랑한다.

47세에 베아트릭스 포터는 힐탑 근처의 캐슬 농장을 구입할 때 인연을 맺은 윌리엄 힐리스와 결혼했다. 찾아오는 아이들을 실망시키지 않기 위해 늘 토끼를 키웠고 아이들에게 그 토끼들이 피터 래빗의 후예들이라 말하고는 했다. 아이들을 아끼고 사랑했던 베아트릭스를 위해, 30여 년 전에 설립된 베아트릭스포

터협회에서는 전 세계 아이들에게 보낸 그녀의 편지 중 400여 통의 편지를 골라 모음집을 내고 그녀의 전기를 출판했다.

"아이의 영적 세계를 유지하는 것보다 천국이 더 현실적일 수 있다. 지식과 상식으로 균형을 잡고 더 이상 밤의 날아오름을 두려워하지 않지만, 아직도 우리는 삶의 이야기를 아주 조금밖에 이해하지 못한다."

1943년 12월 77세의 일기로 세상을 떠난 베아트릭스는 농장 14개와 집 20채, 4천 에이커의 땅을 자연보호 민간단체인 내셔널 트러스트에 남겼다. 그녀가 사망하고 3년 후인 1946년 힐탑에 있는 집이 대중에 공개되었고, 현재까지도 매년 7만 5천 명의 관광객이 다녀가고 있다.

자연을 사랑했던 베아트릭스가 어린이들을 위해 남긴 '피터 래빗 시리즈' 속 동물 주인공들은 각양각색의 인간 군상을 대변한다. 늑대에게 알을 빼앗길 뻔한 바보 오리, 다람쥐들이 바치는 뇌물을 받아 챙기는 올빼미, 그런 올빼미를 놀려대는 다람쥐, 이득이 없어지자 가난한 주인을 속여서 복수하는 고양이 등은 귀엽거나 혹은 나쁘거나 하는 '인간적인' 모습으로 즐거움과 함께 우리를 돌아보게 한다.

어쩌면 베아트릭스는 이런 현실의 모습을 이야기 형식으로 보여주고 싶었는지도 모른다. 물론 재미있는 이야기이지만, 작가의 말처럼 '삶의 이야기를 아주 조금밖에 이해하지 못하는' 우리들은 아이러니하게도 다양한 동물 이야기를 통해 조금 더 현실을 가깝게 느끼게 된다. 베아트릭스 포터는 어릴 적부터 바깥 세계와 교류가 어려웠지만, 날카로운 통찰력으로 의인화된 동물들을 자연스럽게 묘사했다. 그 생생하게 살아 숨쉬는 묘사 덕분에 동화 속 주인공들은 아직까지도 사라지지 않고 그 인기를 더해 가고 있다.

1866년 영국 런던의 니어 소리라는 작은 마을에서 방적 공장을 경영하던 상류층 법률가 집안에서 태어났다. 조용하고 수줍음 많은 성격으로, 동물 사랑이 남달라서 토끼부터 개구리, 고슴도치, 심지어 박쥐까지 집 안에서 많은 동물을 길렀다.

1878년 미술 수업을 받기 시작했다.

1880년 사우스켄싱턴박술관(1899년 빅토리아앨버트미술관으로 개칭)에서 주는 미술 관련 상을 받았다.

1882년 가족들과 함께 영국 북서부 지역인 레이크 지방으로 휴가를 떠났다가 그곳의 아름다운 풍경에 큰 감동을 받고 영감을

얻는다. 이곳은 후에 '피터 래빗'의 탄생 배경이 되었다.

1890년　벤저민 바운서라는 이름을 가진, 일생 첫 번째 토끼를 기르기 시작했다.

1893년　벤저민 바운서가 죽고 나서 피터라는 이름의 새로운 토끼를 맞이했다.

1901년　여러 출판사에서 출판을 거절당하자,《피터 래빗 이야기》250부를 자비 출판했다. 반응이 아주 좋아 순식간에 초판이 팔려나갔다.

1902년　프레더릭 원 출판사를 통해《피터 래빗 이야기》를 정식 출간했다. 이는 그녀가 쓴 최초의 소설이었다.《피터 래빗 이야기》는 발간과 동시에 엄청난 판매량을 기록했다.

1903년　《다람쥐 넛킨 이야기》《글로스터의 재봉사》《벤저민 버니 이야기》를 출간했다.

1904년　《말썽꾸러기 쥐 두 마리 이야기》를 출간했다.

1905년　레이크 지방으로 거주지를 옮긴 후, 그동안 책을 팔아

모은 돈과 자신의 유산을 모두 합쳐 그곳의 땅과 농장, 집을 구입하고 《티기 윙클 부인 이야기》《파이와 파이틀 이야기》를 출간했다. '피터 래빗'의 담당 편집자인 노먼 원이 청혼을 하고 둘은 비밀리에 약혼을 했다. 그러나 한 달 뒤 노먼 원이 갑작스럽게 백혈병으로 세상을 떠나자, 충격을 받고 더욱 일에만 몰두했다.

1906년 《제레미 피셔 이야기》《사납고 못된 토끼 이야기》《미스 모펫 이야기》를 출간했다.

1907년 《톰 키튼 이야기》를 출간했다.

1908년 《제미마 퍼들덕 이야기》《새뮤얼 위스커스 이야기》를 출간했다.

1909년 캐슬 코티지 농장을 사고 《플롭시의 아기 토끼들 이야기》《진저와 피클 이야기》를 출간했다.

1910년 《티틀마우스 아주머니 이야기》를 출간했다.

1911년 《티미 팁토스 이야기》를 출간했다.

1912년 《토드 씨 이야기》를 출간했다.

1913년 《피글링 블랜드 이야기》를 출간했다. 노먼 원의 죽음 이후 홀로 지내다가 어머니의 반대를 무릅쓰고 47세에 자신의 변호사인 윌리엄 힐리스와 결혼했다. 이후 캐슬 코티지에서 지냈다.

1917년 《애플리 대플리 자장가》를 출간했다.

1918년 《도시 쥐 조니 이야기》를 출간했다.

1919년 린데스 하우에 있는 집을 사서 홀로 된 어머니에게 선물했다.

1921년 《피터 래빗 이야기》《벤저민 버니 이야기》가 프랑스어로 발간되었고 《피터 래빗 이야기》가 점자판으로 발간되었다.

1922년 《세실리 파슬리 자장가》를 출간했다.

1930년 《꼬마 돼지 로빈슨 이야기》를 출간했다.

1936년 《피터 래빗 이야기》를 영화로 만들자는 월트 디즈니의 제안을 거절했다.

1943년 12월 22일 캐슬 코티지에서 77세를 일기로 사망했다.

'피터 래빗 시리즈'의 탄생 배경이 된 500만 평에 이르는 땅과 농장, 저택을 기부하며 자연 그대로 잘 보존해달라는 단 한 가지 유언을 남겼다. 현재까지도 포터의 유언대로 피터 래빗이 탄생한 '레이크 지방'은 영국의 보호를 받으며 보존되고 있다.

옮긴이 구자언

서강대학교에서 영문학 학사와 석사를 마치고, 연세대학교에서 박사 과정을 수료했다. 한성대학교에서 강의했고, 19세기 영국소설과 영화에 관한 논문을 발표했다. 현재 꾸준한 번역 활동을 하고 있으며, 번역서로는《피터 래빗 시리즈》를 비롯해《악마의 덧셈》《존 카터: 화성의 신》《킬리만자로의 눈》등이 있다.

피터 래빗 이야기 2

개정 1쇄 펴낸 날 2020년 12월 1일
개정 2쇄 펴낸 날 2021년 1월 30일

지 은 이 　베아트릭스 포터
옮 긴 이 　구자언
펴 낸 이 　장영재
펴 낸 곳 　(주)미르북컴퍼니
자 회 사 　더클래식
전　　화 　02)3141-4421
팩　　스 　02)3141-4428
등　　록 　2012년 3월 16일(제313−2012−81호)
주　　소 　서울시 마포구 성미산로32길 12, 2층 (우 03983)
E-mail 　sanhonjinju@naver.com
카　　페 　cafe.naver.com/mirbookcompany

* (주)미르북컴퍼니는 독자 여러분의 의견에 항상 귀 기울이고 있습니다.
* 파본은 책을 구입하신 서점에서 교환해 드립니다.
* 책값은 뒤표지에 있습니다.

더클래식

세계문학
컬렉션

* 더클래식 세계문학 컬렉션은 계속 출간될 예정입니다.